〔奥〕斯蒂芬·茨威格 著

沈锡良 译

Brief Einer Unbekannten

一个陌生女人的来信

云南人民出版社

果麦文化 出品

目 录
contents

导读 —— 5

Ⅰ· 一个陌生女人的来信 —— 001

Ⅱ· 火烧火燎的秘密 —— 059

Ⅲ· 一个女人一生中的二十四小时 —— 153

附录：斯蒂芬·茨威格年表 —— 242

·导读

与故事无关的一种幸福

文 / 孟京辉

斯蒂芬·茨威格《一个陌生女人的来信》，很多人在第一次看到这个故事时感到荒诞，因为它看起来是那么的不可信：一个女人一生暗恋一个男人却从未表白，男人和这个女人发生了几次关系，最后却不认识她。当女人自杀后，男人收到了她的遗书，才知道曾经发生的一切。

最初打动我的不是故事，而仅仅是这个名字《一个陌生女人的来信》。我并不觉得故事里的爱情与我有关。但它非常浓重地折射出来一个结论——时间的遗憾、命运的无奈，这是一种疯狂的价值、一种遗憾的美感，和道德无关，甚至说和事实无关。在时代的碾压、人的错愕中，命运充满了悖谬和遗憾。"陌生女人"面对这样的命运没有随波逐流，而是选择"一头栽进命运"。这种带着强烈宿命意味的勇气，让人不忍看却又不能不看，这种极致的美感就是艺术的真实。并且，茨威格的语言有很强的韵律美和画面感，这种"可朗读"的文字是有很强的戏剧基因的，它更内心更适合一个人来表现，也给了导演发挥的可能。2013年，我将《一个陌生女人的来信》搬上了话剧舞台，由黄湘丽主演。

我们不满足于对原著简单的描摹，或者亦步亦趋的表面躯壳式的描述。刚开始我曾经想改得更加反叛，更加摇滚。比如设想过从吸毒开始，出现幻觉，像《猜火车》那样满墙爬小孩……虽然可以这么做，但是改编文学作品是一种能量的交锋，茨威格的东西很强大，他的原著精神一点点把我最初的想法磨平，回归到他架构的世界中。在排练阶段，纸书也作为一种材料，切实地参与了我们的创作。我们通过默读、勾画、做读书笔记、大声朗诵……这一系列行为，尝试着去和茨威格进行精神上的对话。

同时，我必须动用更适合我的一种美学选择，将音乐、影像和视觉元素外化，用跳跃性的、超现实的风格，让一个女人一生中各种各样的链条摆动起来。另外，我必须要依据我的演员的特质，跟她沟通交流，重新创造，重新铺上一层颜色，然后化成烟，笼罩在舞台上。慢慢地，舞台美术进入、多媒体进入、越来越多的新元素进入……形式上,我们似乎离小说越来越远,但精神上却离茨威格越来越近。

在这个创作过程中,美国"垮掉的一代"和他们的文学作品给了我很多灵感。亨利·米勒的《北回归线》、杰克·凯鲁亚克的《在路上》,它们那种对于命运的嘲讽、自省和无力,那种精神上的荒凉和永不磨灭的跋涉、探索,让我看到了和"陌生女人"相通的东西。你可以说她的情绪是极端的,态度是偏执的,但这些都不重要。重要的是我们通过她的行为,看到一种可以称之为"信念"和"意志"的东西。我觉得情绪可以酝酿,态度可以伪装,但一个人有信念是制造不出来的。

我尊重有信念的人,有了信念,一个人才完整。强大的信念和意志可能会把人导向悲剧性结局,尼采发疯了,茨威格自杀了,但悲剧本身,有其不可替代的价值所在。

《一个陌生女人的来信》小说创作于1922年,在那个时代,男性面对命运,可以选择拿起枪和子弹去反抗。但更多的时候,面对战争这样大的宿命,人们其实是没有选择可言的。对一个出身寒微的女性来说,选择更少。如果一个女性天生想要追求一种超越于琐屑庸常之上的东西,她可能会以命相搏而去保全生命中最尊贵的部分。

我们无法判定,陌生女人的形象是否源于生活,很有可能只是作者的一种想象,也或者茨威格在写作中投射了自己。这个故事到现在依然被人们所喜爱,当你和悲剧进行对话的时候,你油然而生某种生命的力量,这是一种奢侈的美感。今天的人们还有感受这种美感的能力,我觉得是一种幸福。

希望你们在这本书的阅读过程中,感受到这种幸福。

I.

一个陌生女人的来信

那天清晨，著名小说家R在山里度过了三天悠闲舒适的假期之后，回到了维也纳。他在车站买了一份报纸，瞥了一眼上面的日期，忽然想起今天是自己的生日。"四十一岁了。"发觉这一点时，他既没有感到快乐，也没有感到悲伤。他漫不经心地翻阅了一下沙沙作响的报纸，便租了辆小汽车回到了自己的寓所。仆人报告说，他不在家期间，有两次客人来访和几通电话，随后把收集起来的信件放在一个托盘里交给他。他懒洋洋地看了一眼，有几个寄信人引起了他的兴趣，他把这几封信拆开看了看；有一封信字迹很陌生，厚厚一沓，他把它先搁到一边。这时，仆人将茶端了上来，他就舒舒服服地往安乐椅上一靠，再一次翻了翻报纸和几份印刷品，然后点上一支雪茄，这才拿起方才搁下的那封信来。

这封信约莫有二十多页，是个陌生女人的笔迹，写得潦潦草草，与其说是一封信，还不如说是一份草稿。他不由自主地再一次摸了摸那信封，看看里面是否还有什么附件没有拿出来，但是没有。信封上面空无一字，无论是信封还是信纸上，都没有寄信人的地址或者签名。真奇怪，他想，又把信拿在手里。

"你，从未认识过我的你啊！"这句话写在最上面，是称呼，又是标题。他十分惊讶地停住了：这里的"你"指的是他，还是一位臆想中的人呢？他的好奇心突然被激起，开始往下看：

我的孩子昨天死了——为了挽救这条幼小柔弱的生命，我同死神搏斗了三天三夜。我在他的床边坐了整整四十个小时，他得了流感，发着高烧，可怜的身子烧得滚烫。我用冷毛巾敷在他烧得灼热的额头上，不分白天黑夜地握住他那双不时抽搐的小手。第三天晚上，我也崩溃了。我的眼睛越来越沉，不知不觉眼皮合上了。我在一张硬椅子上睡着了三四个小时，就在这期间，死神夺走了他。

此刻，这个温柔可怜的孩子，他躺在那儿，躺在自己的小床上，就跟他死去的时候一模一样；只是他的眼睛，他那聪明的黑眼睛刚刚被合上了，双手也合拢着搁在白衬衫上。床的四个角上高高地燃着四支蜡烛。我不敢朝床上望一眼，也不敢动一下身子，因为烛光一晃动，阴影就会从他的脸上和紧闭的嘴上掠过，于是看上去，仿佛他的面颊在动，我就会以为他还没有死，还会醒来，用他清脆的嗓音对我说些天真无邪的话语。可我知道，他已经死了，我不愿意再往那边看，以免自己再一次充满希望，又再一次失望。我知道，我知道，我的孩子昨天已经死了。现在，在这个世界上，我只有你，只有你了，可你却对我一无所知。此刻，你还完全蒙在鼓里，正在寻欢作乐，或者游戏人生。我现在只有你，你却从来也没有认识过我，而我始终爱着你。

我拿了第五支蜡烛放在这里的桌子上，就在这张桌子上给你写信。我怎能孤零零一个人守着我那死去的孩子，而不向人倾诉我的衷肠呢？在这可怕的时刻，不对你说，又叫我去对谁说呢？你过去是我的一切，现在也是我的一切啊！也许我无法完全跟你解释清楚，也许你不明白我的意思——我现在头晕目眩，太阳穴抽搐不停，像有把槌子在敲打，浑身上下都在疼。我想我是发烧了，很可能也得了流感。现在流感正在挨家挨户地蔓延。果真是这样，那倒好了，我就可以跟我的孩子一起去了，也不用自己来了结我的残生了。有时我两眼发黑，也许这封信我都无法写完了，但是为了向你诉说一次，只诉说这么一次，我愿意聚集起全部的力量。你啊，我亲爱的，从来也没有认识过我的你啊。

我要和你单独谈谈，第一次把一切都告诉你；我要让你知道我整个的一生，我的一生一直是属于你的，你却对此始终一无所知。可是，只有当我死了——此刻，我的四肢正忽冷忽热地颤抖不止，生命即将走向终结——你再也不必回答我的问题了，我才会让你知道我的秘密。要是我还得继续活下去，我会马上把这封信撕掉，并将一如既往地继续沉默下去。可是如果你手里拿着这封信，那你就知道，是个已死的女人在这里向你诉说她的人生，从她有意识的那一刻开始，一直到最后一刻为止，她的生命始终是属于你的。你不必为我的话感到害怕，一个死人已经别无所求，她不需要爱情、同情抑或安慰。我只需要你答应我一件事：请你相信我说的一切，那是一颗为你悲伤的心在向你倾诉衷肠。请你相信我说的一切，我只请求你答应我这一件事：一个人是不会在自己的独生子死去的时刻撒谎的。

我要向你倾诉我的一生，我的一生其实是从我认识你的那一天才真正开始的。在此之前，我的生活杂乱无章，充满悲观和失望，我的记忆从来不会抵达那段岁月。这段人生就如一个堆满尘封已久的人和物、结满蛛网、散发着霉味的地窖，我的心早已对此漠然处之。你出现的时候，我十三岁，就住在你现在住的那幢房子里，此刻你就在这幢房子里，手里拿着这封信——我生命的最后一丝气息。我和你住在同一层楼，正好门对着门。

你肯定再也想不起我们，想不起那个清贫的寡妇（她总是穿着孝服，丈夫生前在财政部门担任公职）和她那个尚未发育完全的瘦弱女儿。我们沉默寡言，很少与人交往，仿佛沉浸在我们小市民的穷酸潦倒之中。你可能从没有听说过我们的姓名，因为我们的门上没有挂姓名牌，没有人来看望我们，也没有人来打听我们。再说事情也已经过去很久了，都有十五六年了，你肯定什么也不知道，我亲爱的。可是我呢，哦，我至今都清楚地记得关于你的每一个细节，第一次听别人说起你，第一次看到你的那一天，不，那一瞬间，依然记忆犹新。我怎么可能忘记呢？那个时候才是我人生的开始啊。耐心点，亲爱的，我要把一切向你娓娓道来，我求你，听我谈自己一刻钟，别厌倦，我爱了你一辈子也没有厌倦啊！

在你搬进我们那幢房子之前，你那屋子里住的人丑恶凶狠，经常吵架。他们自己穷得要命，还最讨厌邻居的贫穷，他们恨我们，因为我们不愿意染上他们那种破败的无产者的粗野。这家的丈夫是个酒鬼，老是打老婆；我们常常在半夜里被椅子倒地、盘子摔碎的响声吵醒。有一次，他老婆被打得头破血流，披头散发地逃到楼梯间，酒鬼丈夫在她身后高声大叫，最后大家都开门出来，并以报警威胁他才算了结。我母亲从一开始就不想和这家人有任何来往，不许我和他们家的孩子说话。因此，他们一有机会就在我身上伺机报复。要是在大街上碰到我，他们就在我身后说些脏话，有一次还用坚硬的雪球砸我，砸得我额头流血。整幢房子里的人都本能地痛恨这家人。突然有一天，那个男人出事了，我们全都松了口气。我记得那个男人是因为偷东西被抓了起来，他的家人只好带着那点破家当搬了出去。出租的条子在大门口贴了几天，后来被揭了下来，消息马上从房屋管理员那里传来，说是有个作家，一位文静的先生租下了这套住宅。当时我第一次听到你的姓名。

几天之后，油漆工、粉刷工、清洁工、裱糊工就过来清扫屋子了，给前面那家人住过后，屋子里脏兮兮的。楼道里传来叮叮当当的敲打声、拖地声、刮墙声，可是我母亲倒挺满意，她说，这么一来对面那脏乱的局面总算结束了。你搬家的时候我也没见到你，整个搬迁工作都是你的仆人在负责。你的那位男仆，个子不高，头发灰白，神情严肃，总是以一种居高临下的神气，语气低调、沉着冷静地指挥着全部工作。他给我们所有的人都留下了深刻印象，首先因为在我们这幢郊区的房子里，有人雇佣一名男仆可说是一件十分新奇的事；其次因为他对所有的人都彬彬有礼，但又不因此将自己混同于一般的仆役，和他们称兄道弟地谈天说地。他从第一天起就毕恭毕敬地和我母亲打招呼，将她视为一位有身份的夫人；甚至对我这个黄毛丫头，他也以不失认真亲切的态度对待我。他一提起你的名字，总是带着一种敬畏，一种特别的敬意——别人马上就看出，你们之间的关系，远远超出一般主仆之间的关系。我是多么喜欢他啊，这个善良的老约翰，尽管我忌妒他，因为他始终能够待在你的身边，始终可以侍候你。

我把这一切都告诉你，亲爱的，把所有这些琐碎的几近可笑的事情都说给你听，就是想让你明白，你从一开始就以如此巨大的力量俘获了我这个腼腆胆怯的女孩子的芳心。你还没有进入我的生活，身上就早已笼罩上了一轮光环，一种富有、独特和神秘的氛围——我们住在这幢郊区大楼里的人（生活圈狭小的人对家门口发生的一切新鲜事儿总是充满好奇），早就焦灼不安地期盼着你搬进来住了。一天下午，我放学回家，看见家具搬运车停在大楼前时，我心里对你的好奇心越发强烈起来。大部分家具，凡是笨重的大件物品，早已让搬运工抬上楼去了；还有一些小件家什正在往上拿。我站在门口，惊奇地望着一切，因为你所有的东西都是那么奇特、别致，都是我从来没有见过的。我看到有印度教的神像、意大利的雕刻、绚丽的巨型绘画作品。最后是书，又多又好看，我从来没有想到，书会有这么多，会这么好看。这些书都堆放在门口，你的仆人把它们一一拿起来，用掸子仔细地把每本书上的灰尘都掸掉。我轻手轻脚地在那堆越来越高的书周围走来走去，满怀好奇，你的仆人既没有把我撵走，也没有鼓励我走近；所以我一本书也不敢碰，尽管我很想摸摸有些书的软皮封面。我只是怯生生地从旁边看看那些书名，有法语书、英语书，还有些书究竟是什么语种，我也看不明白。我想，要不是我母亲把我叫回去，我真有可能会一连几小时地傻看下去。

整个晚上，我都不由自主地老想起你，可我还不认识你呀。我自己只有十来本廉价的书，封面是用破烂的硬纸做的，这些书是我的至爱，我读了一遍又一遍。这时我就寻思，这个人拥有那么多好书，读了那么多好书，还懂那么多种文字，有钱又有学问，他该是怎样的一个人呢？想到你有那么多书，我心中不由对你生起一种超凡脱俗的肃然起敬之情。我试图想象你的模样：你是位老先生，戴着眼镜，留着长长的白胡子，和我们的地理老师差不多，而不同的只是你更英俊、更善良、更温雅——我不知道，为什么当时我就确信，你一定长得很英俊，尽管我当时一直想你是位老先生。就在那天夜里，我还不认识你，就第一次梦见了你。

第二天你搬进来住了，可尽管我拼命侦察，还是没能见到你的面，这使得我更为好奇。到第三天，我才终于见到你。我当时真是大吃一惊，可以说是震惊，你完全是另外一副模样，和孩子想象中的圣父形象毫不沾边。我梦见的是一位白发老人，戴着一副眼镜，慈眉善目，可你出现在我面前的时候——你现在的模样还是和过去一样，你的样子始终没有任何变化，岁月在你身上飘然而过，没有留下任何痕迹——你穿着一套迷人的浅褐色运动服，总是两级一步地上楼，动作像个男孩一样轻盈。你把帽子拿在手里，所以我一眼就看到了你那生机勃勃的脸，以及漂亮、有光泽的头发，我的惊讶简直难以言表：真的，你是那么年轻英俊，身材颀长，动作灵巧，我惊讶得吓了一跳。你说是不是很奇怪，在见到你的最初的瞬间，我就非常清晰地感觉到了你的独特之处，我和其他所有认识你的人都很意外地在你身上感觉到了这一点：你是一个具有双重人格的人，既是一个情欲旺盛、放荡不羁、沉迷于玩乐和冒险活动的男孩，又是一个在你从事的艺术领域里无比严肃、尽职尽责、博览群书、学富五车的男人。我当时无意识地感觉到，你过着双重生活：一种生活有着明丽的一面，可以对外界开放；一种生活则是十分阴暗的一面，这一面只有你自己知道。后来每个人都对你有这种印象。这种隐藏最深的两面性，你自己的这种秘密，我这个十三岁的女孩，第一眼就感觉到了，当时像着了魔似的被你深深吸引住了。

你现在明白了，亲爱的，当时的你对我这个孩子来说，该是怎样的一个奇迹，该是怎样一个诱人的谜团啊！这个人写过书，在另外一个伟大世界里声名显赫，人们对这样一个人肃然起敬；可突然又发现，这个人才是一个二十五岁的小伙子，不仅风流倜傥，而且还像年轻人一样活泼开朗。我还想告诉你的是，从这一天起，在我们这幢房子里，在我整个可怜的孩童世界里，我只对你满怀兴趣，我拿出全部的顽固不化的干劲，拿出一个十三岁女孩那种追根究底式的执拗劲头，仅仅围着你的生活，围着你的存在转。我观察你，观察你的习惯，观察找你的那些人，所有这一切，都在增强而不是减弱我对你的好奇心，因为找你的人各式各样，也充分体现出你性格中的两面性。有时来的是一些年轻的大学生，衣衫不怎么讲究，你和他们谈天说地、慷慨激昂；有时来的是一些太太，她们是坐着小汽车过来的；还有一次歌剧院院长过来了，他是一位伟大的指挥家，我之前只能满怀敬畏地远远地看到他站在乐谱架前；再就是一些小姑娘，她们还在上商业学校，难为情地悄声溜进门去。过来找你的女人可真是非常多。我并没有觉得有什么奇怪，就连那一天早上我去上学的时候，看到有位太太整个脸上蒙着面纱从你家里出来，我也没觉得有什么好惊讶的。那时我才十三岁，好奇心十足，四处窥探你的秘密，追踪你的行踪，但我还是个孩子，不知道原来这就已经是爱情了。

可是，亲爱的，我还清楚地记得我完完全全并且永远爱上你的那一天，那个时刻。那天，我和一个女同学散步回来，我们俩站在大楼门口闲聊。这时有一辆小汽车过来，然后停下，你从车上一跃而下，想马上进门去。你当时从车上下来时的那种迫切而敏捷的动作，至今想来依然叫我着迷。我情不自禁地为你打开大门，也因此挡住了你的路，我俩差点儿撞在一起。你看着我，目光温暖、柔和、深情，冲我含情脉脉地微笑着。不错，我无法用其他词语来形容，只能说是含情脉脉地向我微笑。然后，你以一种非常轻柔，近乎亲昵的声音对我说："多谢，小姐。"

亲爱的，这就是那天的全部经过。可就是从那一刻起，自从我感觉到那种含情脉脉的目光开始，我就完全迷上你了。不久以后我才知道，你向每一个接近你的女人，向每一个卖东西给你的女店员，向每一个给你开门的女清洁工，都会投去这样的目光，这是一个天生的诱惑者的目光，既充满温情，又夺人心魄，好似把对方拥抱起来，吸引到你身边。你的这种目光并不是有意识地表示你的情意和爱慕，而是因为当你看到她们的时候，你对女人一如既往的脉脉含情使你的目光完全不知不觉地变得温柔起来。可我这个十三岁的孩子，却对此一无所知，我的心里就像着了火似的。我以为，你的含情脉脉只属于我，只属于我一个人。就在这一瞬间，我这个还没有发育完全的黄毛丫头一下子变成了一个女人，而这个女人从此永远迷上了你。

"这是谁啊？"我的女同学问。我一下子答不上来。我是不可能说出你的名字的，因为就在这唯一的瞬间里，你的名字在我心中变得无比神圣，成了我心里的秘密。"哦，他是住在我们大楼里的一位先生！"我支支吾吾地答道。"那他看你一眼，你何必脸红心跳呢？"我的女同学揶揄道，脸上流露出那种好奇的孩子的恶意。可恰恰是因为我感觉到她以嘲弄的口吻戳穿了我内心的秘密，我身上的血一下子涌到我的脸颊上。我因为狼狈而变得粗野起来。"蠢丫头！"我愤怒地骂道。我真恨不得把她活活掐死。可是她的笑声更大，嘲讽也越发凶猛，最后我发觉，我怒火中烧，以至于眼里噙满了泪水。我不再理会她，径自上了楼。

　　从这一瞬间起，我就爱上了你。我知道，女人们经常会向你这个宠惯了的人说这句话。可是请相信我，没有一个女人像我这样爱过你，如此谦卑恭敬，如此低声下气，如此舍身忘己，无论是过去，还是现在，我永远对你忠贞不渝，因为世界上没有什么东西可以和一个孩子暗中怀有的不为人所觉察的爱情相提并论，因为这种爱情毫无指望，唯唯诺诺，低三下四，无望却又激情满怀，这和成年妇女那种欲火焚烧、在不知不觉中索求的爱情迥然不同。只有孤独的孩子才可能聚集起自己全部的热情，其他人则早已在社交活动中滥用了自己的感情，和人在亲密接触中把感情消耗殆尽,他们耳闻目睹了很多爱情故事,也看了很多爱情小说,知道爱情乃是人类共同的命运。他们就像玩弄玩具一样玩弄爱情,就像男孩吹嘘第一次抽烟的经历一样吹嘘自己的恋爱经历。可我的身边没有别人,我没法向人透露真情,没有人给我指导或者提醒,我没有经验,也没有心理准备:我一头栽进自己的命运,仿若跌落深渊。

我日思夜想的只有一个人,那就是你,睡梦里也只有你,把你视为知己:我的父亲早已去世,母亲总是闷闷不乐,郁郁寡欢,加上拿养老金的人的那种谨小慎微,我和母亲并不亲热;那些多少有些变坏的女同学让我反感,她们轻率地把爱情视同儿戏,而在我心目中,爱情却是至纯的激情。我把原来分散凌乱的全部感情,把隐藏在内心深处然而又一再急迫地向外喷涌的心灵都奉献给你。我该怎么对你说呢?任何比喻都太过贫乏,你是我的一切,是我整个的生命。世上万物唯有和你相关才存在,我人生的一切唯有和你相连才有意义。你改变了我的整个生活。我原本在班级里默默无闻,成绩平平,现在突然一跃成了全班第一名;我如饥似渴地念了很多书,常常念到深夜,因为我知道你喜欢书;让我的母亲不胜讶异的是,我竟然突然近乎倔强地、持之以恒地练起钢琴来,因为我想你是喜欢音乐的。我的衣服洗得很干净,上面的针线活儿也做得仔细,就是想以整洁而漂亮的样子出现在你面前。我在学校里穿的那条旧裙子（是我母亲的一件家居服改的）的左侧有一块四四方方的补丁，我觉得真是可怕。我怕你会注意到这个补丁，会瞧不起我，所以上楼的时候，总是拿书包压住那个地方，我吓得直打哆嗦，怕你会看见那个补丁。可我真是太傻气了，因为你从来没有，或者说几乎从来没有仔细地看过我一眼。

可我呢，除了等你和窥探你，可以说整天什么都不干。我们家的房门上面有一个黄铜做的小窥视孔，透过这个圆形小孔可以看到你家的房门。这个窥视孔——不，请别笑话我，亲爱的，哪怕到今天想到那些时刻，我也不觉得有什么难为情——它就是我眺望世界的眼睛啊。在那些日子里，我坐在冰冷的门廊里，为了不让母亲起疑心，手里捧着一本书，一下午一下午地暗中守候，紧张得像根琴弦，你一出现，就会发出清脆的声响。我始终在为你而紧张，为你而激动，可你难以感觉到我的紧张和激动，就像你口袋里装着怀表，但你难以感觉到它绷紧的发条一样。这根发条在悄无声息中耐心地计算和测定你的时间，以无声的心脏跳动陪你一路走来，而在它嘀嗒不停的百万秒当中，只有一次你向它匆匆瞥了一眼。我对你的一切了如指掌，我了解你的所有习惯，知道你的所有领带、所有衣服，我认识你的所有朋友，并且能马上将他们一一区分出来，把他们划分为我喜欢的或者我讨厌的。从十三岁一直到十六岁,我的每个小时都是在你身上度过的。哦,我干了多少蠢事啊!我亲吻过你的手摸过的门把手,我偷过你进门前扔掉的香烟屁股,我曾将这个香烟屁股视为圣物,因为你的嘴唇触碰过它。到了晚上,我曾随便找个借口,反复不停地下楼,到胡同里察看你家哪个房间里还亮着灯光,以此更明白无误地感觉你那看不见的存在。在你外出旅行的那些星期——一看到那位善良的约翰把你的黄色旅行手提包提下楼去,我总是吓得心跳停止——在那几个星期里,我虽生犹死,人生了无意义。我漫无目的地走来走去,闷闷不乐、百无聊赖、郁闷至极,此外我还得时时提防母亲从我哭肿的眼里看出我的绝望。

我知道,我现在跟你诉说的一切完全是我的感情用过了头,真是荒诞不经,也是幼稚可笑的愚蠢行为。我应该为此感到羞耻,可是我并没有,因为我对你的爱要比这种天真的肆意表白更为纯洁、更为热烈。我完全可以连续几个小时,或者连续几天地向你诉说我当时是如何和你一起生活的,而你却差不多没有见过我的面,因为每次当我在楼梯上遇见你、无法躲开你时,便低着头从你身边跑过,害怕看到你那燃烧的目光,就像一个人怕被火烧着而跳入水中一样。我完全可以连续几个小时,或者连续几天地向你诉说那些你早已忘记了的岁月,向你打开你整个一生的全部日历，可我不想使你厌烦，不想使你痛苦。我只是还想向你倾吐我童年时代最美好的一个瞬间，请你别嘲笑我，因为这虽然只是一件微不足道的小事，但对我这个孩子而言，那可是一件了不得的大事啊。这事可能就发生在一个星期天吧。你出门旅行去了，你的仆人把他拍打干净的笨重的地毯从敞开着的房门拖进屋子里去。这个善良的人干得非常艰难。我突然很大胆地走到他的跟前，问他是否需要帮忙。他大吃一惊，但没有拒绝的意思，于是我就看见了——我只想告诉你的是，我当时怀着怎样一种敬畏乃至虔诚的敬仰之心——你家里的内部空间，那是你的世界，我看见了你的书桌，你习惯坐在这张书桌旁边，桌上一个蓝色的水晶花瓶里插着几枝鲜花，我看见了你的柜子、你的照片、你的书。我只是像一个小偷似的对你的生活匆匆瞥了一眼，因为你那个忠实的约翰肯定会阻止我仔细观看的，可就是那么一瞥，我就把你家里的整个气氛吸入了我的体内，让我在醒着或者睡着时都有足够的动力，对你不停地日思梦想。

这稍纵即逝的一分钟是我童年时代最幸福的一分钟。我把这个瞬间告诉你，是为了让你——你这个从来也没有认识过我的人啊，终于开始感到，有一个生命依恋着你，并且为你而憔悴。

我告诉了你这个最幸福的瞬间，我也要把那个最可怕的时刻告诉你，没想到这两个时刻变换竟然如此之快。我刚才已经和你说过，因为你的缘故，我把一切都给忘了，既没有留意过我的母亲，也没有关心过其他任何人。我没有发觉，有一个中年男子，那是一位来自因斯布鲁克的商人，和我母亲是远亲，经常来我家做客，而且会待很长时间。不错，我的心里只有高兴，因为他时不时地带母亲去看戏，我就可以独自一个人待在家里，不受影响地想你，焦躁地期待你回来，这可是我至高无上的幸福，是我唯一的幸福。后来有一天，母亲突然把我叫到她的房间，唠唠叨叨地说是要和我好好谈谈。我顿时脸色煞白，听见我的心突然怦怦直跳：难道她预感到了什么，或是猜到了什么？我的第一个念头就是你这个秘密，正是这个秘密将我和外部世界联系了起来。可倒是我的母亲显得羞羞答答的，她温柔地亲吻了我一两下——她平时可从来没有这么亲吻过我——把我拉到沙发上和她坐在一起，然后迟疑不决地、不好意思地说道，她的那位远亲现在是鳏夫，已经向她求婚，她决定，这主要也是为了我好，答应他的求婚。一股热血涌到我的心里，我心里只有一个念头，我只是想到了你。"那我们还住在这里吗？"我只能结结巴巴地问出这么一句。"不，我们搬到因斯布鲁克去，费迪南德在那里有一幢很漂亮的别墅。"母亲后面的话我没有听见，只觉得眼前顿时漆黑一片，后来才知道，我当时昏厥过去了。我听到母亲对正在门背后等着的继父低声说，我突然两手分开着朝后一退，随即像铅块似的跌倒在地。

后面几天里发生的事，我不想多说了，我一个无权做主的孩子怎能反对他们强大无比的意志呢。至今想起这事，我这握笔的手依然会颤抖。我无法泄露我真正的秘密，因此我的反抗似乎纯粹是我的固执己见和恶意的无赖行为。谁也不再和我说话，一切都是在背后进行的。他们利用我上学的时候搬家；等到我回到家里，总有什么家具搬走或者卖掉了。我看到我的家毁了，我的人生也随之毁了。有一次，我回家吃午饭，搬运工正在家里，随后将所有东西全都搬走了。收拾好的行李就摆放在空荡荡的房间里，给我母亲和我准备的两张行军床也在：我们还得在这里睡上一夜，最后一夜，明天就到因斯布鲁克去。

就在这最后一天，我突然果断地感觉到，不在你身边，我是再也无法活下去的。我知道，除了你我没有别的救星。我当时是怎么想的，是否在这绝望的时刻还能头脑清醒地进行思考，这一点我是永远也说不清楚了，可是突然之间，我母亲那时不在家，我穿着校服站起身来，走到你家门口。不，我不是走过去的：那是一种魔力驱使我迈着僵硬的大腿、哆嗦着四肢走到你的门口。我已经和你说过，我也不是很清楚，自己究竟想要什么：我想要跪倒在你的脚下，请求你收留我做你的婢女、做你的奴隶，但我又怕你会嘲笑一个十六岁女孩的这种纯洁无邪的狂热之举。

019

可是，亲爱的，你一定不会嘲笑我的了，倘若你知道，我当时站在外面冰冷的走廊里，吓得四肢僵直，同时又被一股捉摸不定的力量驱使着不断向前；倘若你知道，我颤抖的手臂要从我的身体中挣脱开，然后伸出手去——虽然只是可怕的几秒钟的挣扎，却像是永恒一样——用手指揿住你家门把手上面的按钮。刺耳的门铃声至今还在我的耳畔回响，然后是万籁俱寂，我的心跳都快要停止了，全身的鲜血凝固不动。我只是在凝神谛听，你是否过来开门了。

可是你没有过来开门。没有人过来开门。那天下午你显然不在家里，约翰大概也出去买东西了，我只好拖着沉重的脚步回到我们那个破败的空荡荡的家里。刺耳的门铃声依然在我耳朵里嗡嗡作响，我筋疲力尽地倒在一床旅行毯上，仅仅四步远的距离，却让我劳累至极，仿佛在深深的雪地里跋涉了几小时似的。可尽管疲惫不堪，在他们把我拖走之前，我还是毅然决然地想看看你，想和你说说话。我可以向你发誓，那里面没有任何肉欲的念头，我当时还是个懵懂少女，除了想你之外，我不想任何东西：我只是想看到你，再一次看到你，紧紧地抱住你。于是这整整一夜，这既漫长又可怕的一夜，亲爱的，我一直在等着你。我母亲躺在床上刚睡着，我就蹑手蹑脚地溜到厅里，侧耳倾听你什么时候回家。整整一夜我都在等你，一月的夜晚真是冷啊。我疲惫困倦，四肢酸痛，房间里没有椅子可坐，我只好躺在冰冷的地上小睡，冷飕飕的穿堂风就从门下面吹过来。我仅仅穿着单薄的连衣裙躺在冷得叫人发疼的地板上，我没有拿毛毯，我不想让自己暖和，生怕一暖和自己就会睡着，就会听不到你的脚步声。我很痛苦，我的双脚因为抽筋而并拢着，我的双臂在瑟瑟发抖：在这可怕的黑暗中，天真是太冷了，无奈之下我只好一次次地站起身来。可是就像等待我的命运一样，我始终不渝地等着你。

终于，大概是凌晨两三点钟吧，我听见下面有人打开了大楼门锁，然后脚步声上了楼。我顿时没有了寒意，热流随即涌遍我的全身。我轻轻打开房门，想冲到你的面前，跪在你的脚下……哦，我真不知道，我这个傻孩子当时都干了些什么。脚步声越来越近，烛光飘忽不定地上来了。我哆嗦着握住门把手。上来的果真是你吗？

不错，上来的是你，亲爱的。可你不是一个人上来的。我听到一阵娇媚的轻笑、丝绸连衣裙拖地的窸窣声和你的轻言慢语声——你是和一个女人一起回来的……

这一夜我是如何熬过来的，我不知道。第二天早上八点，他们把我拖到因斯布鲁克去了。我一丁点儿反抗的力气都没有了。

我的儿子昨天夜里死了——如果我现在真得继续活下去的话，那就要孤单单地一个人生活了。明天，那些肤色黝黑、身材粗笨的陌生男人就要过来了，带上一口棺材，把我可怜的也是我唯一的孩子装进棺材里去。朋友们可能也会来，带来些花圈，可是鲜花放在棺材上又有什么用呢？他们会来安慰我，给我说些什么话，很多很多的话；可他们这样又能帮我什么忙呢？我知道，接下来我又得独自一人生活了。没有比置身于人群中的孤独寂寞更可怕的东西了。当时在因斯布鲁克，我对此深有体会。我在那里度过了漫无尽头的两年时间，从十六岁到十八岁的那两年。我像个囚犯，像是一名被驱逐者，生活在我的家人中间。我的继父性情温和，寡言少语，但对我很好，母亲像是为了弥补自己无意中犯下的过错，总是对我言听计从。年轻人想尽力讨我的欢心，可是我却固执地拒人于千里之外。我不愿意在一个远离你的地方快快乐乐地、心满意足地生活，因此自个儿沉浸在一个阴森森的世界里，折磨自己，过着孤寂的日子。他们给我买的五光十色的新衣服，我没有穿过。我拒绝去听音乐会，拒绝去看戏，拒绝和家人一起其乐融融地参加郊游活动。我几乎足不出户，亲爱的，如果我说，我在这座小城住了两年，但认识的马路还没有十条，你会相信吗？我伤心欲绝，只想伤心欲绝；因为看不到你，我便沉浸在这种看不到你的氛围中。还有，我不希望分散自己的激情，只想和你的心灵一起生活。我一个人几小时甚至几天坐在家里，不做任何事，只是想你，想和你的每一次相遇、每一次等待的情形，把细小的往事翻来覆去想个不停，脑子里跟演戏一样。我把过去的每一秒钟都重复了无数遍，所以我对我的整个童年时代记忆犹新，过去了多少年的每一分钟依然历历在目，仿佛发生在昨天一般。

当时，我日思夜想的都是你。我把你写的书全买下来了。哪天你的名字登在报纸上，哪天就是我的节日。你会相信吗，我把你的书念了又念，都能背得出你书中的每一行字。要是有人半夜里把我从睡梦中叫醒，从你的书里孤零零地挑出一行朗诵给我听，时隔十三年后的今天，我依然可以背下去：对我来说，你的每一句话，就是福音和祈祷。整个世界只是因为和你有关才存在。我在维也纳的报纸上查看音乐会和那些首演的消息，心里只有一个想法，那就是哪些是你会感兴趣的。夜晚来临，我就远远地陪伴你：此刻你走进剧院大厅了，此刻你坐下了。我曾经有一次亲眼见过你在音乐会上，于是我会千百次地梦见这样的情形。

可是我为何要说这些事情呢？我为何要说一个被遗弃的孩子这种疯狂折磨自己，如此悲惨又是如此绝望的狂热呢？为何要把这件事说给一个对此毫无所感、一无所知的人听呢？我当时真的还只是个孩子吗？我已经十七岁，转眼就十八岁了——年轻人开始在马路上回头看我了，可他们只是让我恼怒。因为让我和别的人谈恋爱，而不是你，哪怕只是心里想一想，哪怕只是游戏，都会叫我觉得陌生得难以想象，难以理解，就算是这种诱惑本身，我也觉得像是在犯罪。我对你的激情依然如故，只是随着我身体的发育，随着我情欲的觉醒，这种激情变得更为炽热，开始含有肉体的成分和女人的气息。当年那个按响你家门铃的孩子，有的只是懵懂无知的愿望，她无法预料的是，她现在唯一的念头就是：奉献给你，委身于你。

周围的人都以为我是一个羞涩腼腆的人，我咬紧牙关，不把我的秘密告诉任何人，心里却有一个钢铁般的意志生长起来了。我一门心思地想着一件事：回到维也纳，回到你的身边。我非要实现我的意志，这在别人看来是多么荒唐透顶、多么不可思议。我的继父是个有钱人，他视我如同己出。可我固执己见地坚持要求说，我希望自己挣钱。终于，我的目的达到了，得以借住在维也纳的一个亲戚家里，在一家颇大的服装商店当了名职员。

难道还要我告诉你，当我在秋天的一个烟雨迷蒙的夜晚，终于，对，终于抵达维也纳时，我迈出的第一步是奔向哪儿吗？我把行李寄放在车站，跳上一辆有轨电车。有轨电车开得太慢了——它每停靠一站，我心里都直冒火——终于，我到了那幢大楼跟前。你的窗户还亮着灯光，我整颗心在怦怦直跳。直到这时候，这座在我身边呼啸着的如此陌生又如此了无感觉的城市才有了活力，直到这时候，我才重新有了生命，因为我感觉到你就在我的身边，你是我永远的梦。我没有想到，我对你的心灵来说，无论是相距万水千山，还是和你的目光之间仅隔着一层薄薄的闪闪发光的窗玻璃，实际上都是同样的遥远。我不断地抬头张望：灯光在那里，房子在那里，你在那里，我的世界在那里。我日思梦想这个时刻已经有两年了，如今这个时刻来临了。夜晚漫长而温馨，云雾笼罩，我就站在你的窗前，直至你房里的灯光熄灭，我才去寻找我寄住的家。

以后的每个夜晚，我都这样站在你的窗前。我在店里干活至六点，虽然干的活很重很累，可我喜欢这个工作，因为工作的忙乱不会让我内心的渴望感到如此痛苦。每当铁制卷帘式百叶窗轰然一声从我身后落下后，我就径直奔向我心爱的目标。只想看你一眼，只想见你一面，这就是我唯一的愿望，只想用我的目光远远地再一次拥抱你的脸庞！后来，大约在一周后，我终于碰上你了，而且恰恰是在我没有料到的那一瞬间，那时候，我正仰头窥探你的窗口，你突然横穿马路过来了。转眼之间，我重新成了一个孩子，那个十三岁的孩子，一股热血涌上我的脸颊。我违背了内心渴望看见你的眼睛的强烈欲望,不由自主地低下头,像是有人在追捕我,从你身旁一溜烟似的跑了过去。后来我为这种女学生似的胆怯的逃跑感到羞愧不已,因为现在我的愿望可是坚定而清楚的,那就是我想要见到你,我在寻找你,在多年的朝思暮想之后,我希望你能认出我来,希望你能注意到我,希望你能爱上我。

但是,你好长一段时间都没有注意到我,尽管每天晚上,哪怕是大雪纷飞,或者是顶着维也纳凛冽刺骨的寒风,我都站在你家的那条胡同里。我常常白白等候几个小时,有时候苦等半天后,你终于在朋友的陪伴下从家里走了出来,有两次我还看见你和女人们在一起。当我看见一个陌生女人和你紧紧地手挽着手一起出门的时候,我的心猛地一下抽搐,把我的灵魂都撕裂了,我感到自己已经长大成人,心里有种崭新的异样的感觉。我并没有觉得意外,从童年时代起我就知道女人是你永恒的客人,可现在我突然感到有种肉体上的痛苦,我心里的某种情愫绷得紧紧的,恨你和另外一个女人这种明显的肉体上的亲密接触,可同时自己又渴望得到它。我当时有种孩子般的自尊心,或许现在还保留着,那一整天我没去你家楼下。可这个赌气反抗的夜晚让我的身心异常空虚,这一晚是多么可怕啊。到了第二天晚上,我又低三下四地站在你的房前,一直等下去,正如我命中注定站在你紧闭着的生活面前一样。

而终于,有一天晚上,你注意到我了。我早已看见你远远地走过来,于是振作精神,不再躲开你。说来真巧,一辆卡车停在街上准备卸货,马路变窄了,你只好和我擦肩而过。你那漫不经心的眼神不由自主地从我身上掠过,一遇到我那全神贯注的目光,马上变成了那种专门对付女人的目光——想起往事,叫我心里一紧——变成了那种柔情万种的目光,既含蓄内敛,又肆意张扬,变成了那种目不转睛的紧追不舍的目光,这种目光曾经把我这个小姑娘唤醒,使我第一次变成了女人,变成了恋爱中的女人。你的目光停留在我的目光上有一两秒钟,我的目光不能,也不想离开你的目光,然后你从我身旁飘然而去。我的心在怦怦直跳。我下意识地放慢脚步,因为一种难以克制的好奇心,我转过头去,刚好看见你停住脚步回头看我。你好奇地饶有兴趣地观察我,从你的神态我马上看出:你并没有认出我来。

你没有认出我来,当时没有,后来也没有,你从来没有认出过我。亲爱的,我该怎么向你描述我那一瞬间的失望呢?那时,是我第一次遭遇这样的命运,你竟然没有认出我来,我一辈子都在经受着这样的命运,并和这种命运一起老去。你没有认出我来,始终没有认出我来,叫我怎么向你描述这种失望呢?

因为你瞧，在因斯布鲁克的两年时间里，我每时每刻都在想你，我什么也不干，只是在设想我们在维也纳首度重逢的情景，根据自己情绪的变化，做着最幸福和最可怕的梦。所有的梦境我都做过，如果我可以这么说的话。在我心情阴郁的时候，我想，你一定会拒我于门外，会轻视我，因为我太低微，太丑陋，太讨厌。你各种各样的憎恶、冷酷、淡漠，所有这一切在我疯狂的幻想中都已经经历过了。可是，你根本没有注意到我这个人的存在，就这一点，这是最可怕的一点，即使在我心情阴郁，甚至自卑感最严重的时候，也没有想到过。今天我懂得了，哦，那是你教我懂得的——在男人那里，一个少女或者一个女人的脸想必是最为变化多端的，因为人的脸大多只是一面镜子，时而照出的是激情澎湃，时而照出的是天真烂漫，时而又照出疲惫不堪，镜中的形象转瞬即逝，因此男人也就更加容易忘记女人的容貌，因为年龄会在女人的脸上投下光与影的变化，因为服装会把女人的脸一会儿变成这样，一会儿变成那样。只有听天由命的人，才是真正的智者。可我当时还是个懵懂无知的少女，还不能理解你的健忘，因为我自己毫无节制地、没完没了地思念你，所以就产生了一种幻觉，以为你肯定也在思念我，在等我；如果我确信，我在你心里什么也不是，你压根儿没有想过我，那我还活着干什么呢？看到你的目光后我才如梦初醒，你的目光告诉我，你一点儿也不认识我，在你的生活和我的生活之间你想不起来有一丝一毫的联系：这是我第一次跌到现实中，第一次预感到自己的命运。

你当时没有认出我来。两天后，我们再度相遇，你的目光以某种亲密的神情仔细打量我，但你还是没有认出我这个曾经爱过你被你唤醒的姑娘，你只认出，我是两天前和你在同一个地点狭路相逢的那个十八岁的美丽姑娘。你亲切又惊讶地看着我，嘴角挂起一丝浅浅的微笑。你又一次从我身旁擦肩而过，马上又一次放慢脚步：我浑身颤抖，我欣喜若狂，我祈祷苍天，你会过来和我攀谈。我第一次为你而充满了活力，我同样放慢脚步，没有躲开你。突然，我没有回头就感觉到你站在我身后，我知道，这下我可以第一次听到你用可爱的声音对我说话了。这种期待的心情，像是让我失去了活动能力，我担心自己可能不得不停住脚步，我的心在急促地跳动，就在这时你走到我旁边来了。你轻松愉快地和我攀谈起来，仿佛我们是认识多年的朋友——哦，你对我没有一点儿预感，你对我的生活也从来没有任何预感。和我攀谈的时候，你是那么魅力四射，那么无拘无束，以至于我也能够回答你的问话了。我们一起走完了一整条胡同，然后你问我，是否愿和你一起共进晚餐。我说好呀。我怎么可能拒绝你呢？

我们一起在一家小饭馆里吃饭。你还记得那家饭馆在哪儿吗？哦，不，你肯定把这个夜晚和其他这样的夜晚混淆在一起了，因为对你来说，算得了什么呢？不过是许许多多的女人中的一个，是不胜枚举的艳遇中的一件罢了。我又何以会让你想起我来呢？我的话很少，因为能够在你身边，听你和我说话，我已经感到无比幸福了。我不希望因为我提了一个问题，因为我说了一句蠢话而浪费一分一秒的时间。我永远不会忘记你给我的一小时时间，我非常感谢，心里盛满了对你的热烈的崇敬之情。你温文尔雅，轻松诙谐，彬彬有礼，丝毫没有纠缠不休的行为，丝毫没有急于大献殷勤的脉脉含情，从一开始就是那么沉稳自如，一见如故，哪怕我不是早就决定把我的整个身心都奉献给你，你也一定会赢得我的芳心。哦，你可知道，我幼稚可笑地等了五年，你没有让我失望，你这种令人敬畏的举止让我喜不自胜。

天色已不早了，我们起身离开。走到饭馆门口时，你问我是否急着赶回家，是否还有时间。我怎么能向你隐瞒，我是那么愿意听从你的安排呢！我说我还有时间。随后，你稍微迟疑了一下，问我是否愿意到你家去坐坐，聊会儿天。"好呀！"我脱口而出，完全是我的情感自然而然地流露，但我马上注意到，你对我如此迅速的允诺感到尴尬或者愉快，反正显然是感到很意外。今天我明白了你当时的这种惊讶。我现在知道，一个女人，即便她火烧火燎地想委身于人,通常总要装出毫无准备的样子,假装惊恐万状或者怒不可遏,非要等到男人再三恳求,花言巧语,发誓赌咒,做出种种许诺之后,才会半推半就。我知道,或许只有那些职业妓女,或者幼稚可笑、天真烂漫的小姑娘才会兴高采烈地一口应承这样的邀请。可在我心里——这一点你又如何能料想得到呢——这件事只不过是化成了语言的愿望,是经过千百个白日黑夜的积聚而今爆发出的渴望呀。但不管怎么说,你当时大吃了一惊,开始对我产生了兴趣。我发觉,我们一起走的时候,你一边和我说话,一边带着惊讶的神情从侧面打量我。你对一切人性的东西,具有一种不可思议的洞察力,你立即感到,在这个美丽的姑娘身上有一种非同寻常的东西,有着一个秘密。于是你内心的好奇被提了起来,转弯抹角地试探着问了许多问题。我发觉你想要探寻这个秘密,但我避开了:我宁愿傻乎乎地出现在你的面前,也不愿意让你知道我的秘密。

我们一起上楼去了你家。请原谅,亲爱的,要是我对你说,这条走廊、这道楼梯对我意味着什么,我感到怎样的心醉,怎样的无措,怎样疯狂的、痛苦的乃至致命的幸福,你是不会明白的。直到现在,每当想起这些,我都会禁不住热泪盈眶,可我现在已经没有眼泪可流了。那里的每一样东西仿佛都渗透了我的激情,每一样东西都是我的童年、我的思念的象征:那个大楼门,我曾在那里等了你不知有多少次；那道楼梯，我曾总是在那里偷听你的脚步声，在那儿我第一次看见了你；那个窥视孔，我曾透过那里看得神魂颠倒；你门口的擦鞋垫，我有次还跪在上面，而每次听到钥匙的响声从你房门口传来，我总是迅捷地从潜伏的地方一跃而起。我的整个童年、我的全部激情都寄托在这几平方米的空间范围内，我的整个生命都在这里，现在它就像狂风骤雨，一股脑儿地向我袭来，因为这一切都如愿以偿了。我和你一起走，我和你一起走到了你的房子里，走到了我们的房子里。你想想看，这话听起来确实很老套，可我不知道如何用其他的话来说，一直走到你的房门口为止，一切都是现实世界，一个琐碎而阴郁的世界，而从你的房门口起，儿童的梦幻世界，《一千零一夜》中的阿拉丁王国就此开始了；你想想看，我曾经千百次望眼欲穿地盯着你的房门口，如今却晕头晕脑地迈步走了进去，你可以猜想，你也只能猜想，你永远不会完完全全知道，我亲爱的，这转瞬即逝的一分钟从我的生活里带走了什么。

那天晚上，我在你身边待了整整一夜。你没有想到，在此之前，还从来没有一个男人触摸过我，还从来没有一个男人碰过或是看过我的身体。可是，亲爱的，你又怎会想到这一点呢？因为我实在没有对你做出任何反抗，我尽量不让你看出我因为羞怯而带来的任何迟疑不决，只是为了不让你猜出我爱你的秘密,一旦你猜出这个秘密,你一定会吓住的——因为你真正喜欢的仅仅是轻松自在、游戏人生、无牵无挂。你生怕干预到他人的命运。你愿意将感情滥用在所有人身上,滥用在整个世界身上,但你不愿意做出任何牺牲。我现在对你说,我委身于你时,还是个处女,我求你,千万别误解我!我并不是埋怨你,你并没有勾引我,欺骗我,或者诱惑我,是我自己主动投怀送抱,落入自己的命运之中。我永远不会埋怨你,不,我只会感谢你,因为对我来说那真是幸福、快乐到极点的一夜啊,幸福得飘飘欲仙!夜里我睁开眼睛,你躺在我身边,我感到奇怪的是,群星并不在我头顶上闪烁,为什么我感觉自己飞上了天?不,我从没有后悔过,我亲爱的,从没有因为那一刻发生的事而后悔过。我还记得,你睡着了,我听着你的呼吸声,摸着你的身体,感到自己和你紧挨着时,我在黑暗中幸福得哭了。

　　第二天一大早我就急着要走。我得到店里去上班,也想在你的仆人进屋之前离去,不希望他看见我。我穿好衣服站在你面前,你把我搂在怀里,端详了我许久。难道是某个模糊而遥远的回忆在你心头荡漾,或者你只是觉得我当时美丽动人、神采飞扬?然后你吻了一下我的唇。我轻轻地挣脱开,想要离开。这时你问道:"你要不要带几朵花走?"我说好啊。于是你从书桌上那只蓝色水晶花瓶里取出四朵白玫瑰给我(哦,这只花瓶我认识，小时候我曾偷看过唯一的一次）。我后来还一连几天吻着这些花儿呢。

我们事先约好了在另一个晚上见面。我去了，又是一个心醉神迷的夜晚。你还赐给了我第三个夜晚。然后你说，你要出门旅行了——噢，我从童年起就讨厌你这种旅行！不过你答应我，一回来就给我回音。我给了你一个留局待取邮件的地址——我不想告诉你我的名字。我坚守住自己的秘密。你又送了我几朵玫瑰作为告别。

这两个月里我每天都去问……真的算了，向你描述这种期待和绝望交织的巨大痛苦又有何用呢。我不埋怨你，我爱你，爱你的感情炽烈、生性健忘、一往情深、三心二意。我就爱你这一个人，以前是这么一个人，现在还是这么一个人。其实你早就回家了，我从你灯火明亮的窗口可以看出，但你没有写信给我。在我生命的最后时刻，我也没有收到过你的一行字，我把我的整个一生都献给了你，可我却没收到过你的一行字。我等着，像个绝望的女人一样等着。可你没有叫我，一行字也没有写给我……一行字也没有……

我的儿子昨天死了——他也是你的孩子啊。他也是你的孩子，亲爱的，这是我们共度三个良宵之后的爱情结晶，这一点我向你发誓,一个快要死的人是不会撒谎的。他是我们的孩子,我向你发誓,因为自从我献身于你的那一刻开始,直至孩子出生,没有任何一个男人碰过我的身体。被你接触之后,我觉得我的身体是神圣的,我既然把我的身体给了你,怎么可能再给别的男人呢?你是我的一切,而别的男人只不过是我生命中的匆匆过客而已。他是我们的孩子,亲爱的,是我那心甘情愿的爱情和你那漫不经心、任意挥霍、几近是本能的柔情蜜意凝成的结晶,他是我们的孩子,我们的儿子,我们唯一的孩子。可你现在要问了,也许你感到害怕,也许只不过感到惊讶,你现在要问了,我亲爱的,为什么那么多年来我始终没把孩子的事情告诉你,一直到今天才和你谈起他呢?此刻他在这里,在黑暗中躺着睡下了,永远地睡下了,就要离去,永远不再回来,永不回来!可是,你让我怎么能告诉你孩子的事呢?我和你素昧平生,心甘情愿地和你共度了三个销魂的夜晚,没有任何反抗,简直是渴求般地向你献出一切,你怎么可能相信这样一个陌生女人呢?你永远不会相信,这个无名女人,只是和你有过短暂的几面之交,却对你这个花心男人忠贞不渝,你也永远不会毫不怀疑地承认这孩子就是你的亲生骨肉!即使我的话让你觉得有几分真实,你也无法完全消除这种隐藏的怀疑:那是我企图把自己的另一段孽债强加到你这个有钱人身上。这样你就会对我猜疑,你我之间就会留下一片阴影，一片飘忽不定、战战兢兢的怀疑的阴影。我不希望这样。再说，我了解你，非常了解你，比你本人都更清楚地了解你，我知道你在恋爱时只喜欢无忧无虑、轻松自在、游戏人生，要是突然间成了父亲，突然间要对一个生命承担起责任，你一定会觉得很难堪。你是个唯有在自由自在的情况下才能呼吸的人，你一定觉得和我联系在了一起。你一定会因为这种联系而恨我——是的，我知道，你一定会恨我，这是违背你自己清醒的意愿的。也许只有几个小时，也许只有短短的几分钟，我成了你的累赘，你会讨厌我——可是，我希望保持我的自尊心，我要你一辈子想到我的时候，心里没有忧愁。我宁愿独自承担一切，也不愿成为你的累赘。我希望成为你所有的女人中那独一无二的一个，你会永远怀着爱恋和感激想起我。可是你从来没有想起过我，你已经把我彻彻底底地忘记了。

　　我并不是埋怨你，我亲爱的，不，我不埋怨你。请你原谅我，如果我的笔端偶尔流露出一丝痛苦，请你原谅我！我的孩子，我们的孩子死了，就躺在这儿摇曳不定的烛光下；我冲着老天握紧拳头，管它叫凶手，我神情忧郁，心烦意乱。请原谅我的埋怨，请原谅我！我也知道，你乐善好施，从内心深处喜欢助人为乐。你帮助每一个人，包括萍水相逢的人求你帮忙，你也会乐意伸出援手。可是你的乐善好施非常奇特，它对每个人敞开大门，他的双手能抓多少，就可以拿走多少，你的乐善好施非常博大，真的是博大无边，可是，请原谅我这么说，它是懒散的。你希望人家提醒，希望人家自己来拿。有人叫你，或者求你，你才帮助他们，你帮助人家是出于害羞，出于软弱，但不是出于你的快乐。让我坦诚地告诉你吧，你更喜欢幸福快乐中的兄弟，而不是困厄患难中的人们。而且，像你这种类型的人，哪怕是其中最乐善好施的人，求他帮助都很难。有一次，我那时还是个孩子，我从门上的窥视孔里看见有个乞丐按响了你家的门铃，你给了他一些钱。你还没等他开口求你，很快把钱给了他，甚至出手大方，可是你把钱递给他的时候，心里带着某种恐惧，是匆忙中给出的，你只是希望他赶紧离开，好像你害怕正眼看到他似的。你帮助别人的时候那种烦躁不安、羞羞答答、怕人感激的神色，我是永远不会忘记的。正因为如此，我才从来不找你。当然，我知道，即使当时你无法确信他是你的孩子，你也会帮助我，你也会安慰我，给我钱，给我一笔数目不菲的钱，可你肯定会带着那种暗暗的焦躁不安的情绪，想把这件麻烦事从你身上推得一干二净。是啊，我相信，你甚至会劝说我赶紧把孩子打掉。我最担心的就是这个，因为既然是你要求的事，我怎么会不去做呢！我怎么可能拒绝你的要求呢？可孩子是我的一切，他可是你的孩子啊，他就是你，但现在已经不再是那个我无法驾驭、幸福快乐、无忧无虑的你了,而是那个永远交给了我的、被禁锢在我身体里的、和我的生命相连在一起的你了。我现在终于把你抓住了,我可以在自己的血管里感觉到你在生长,感觉到你的生命在生长,只要我心里忍不住了,我就可以哺育你,喂养你,爱抚你,亲吻你。你瞧,亲爱的,因此,当我知道,我怀了你的孩子,我是多么幸福,因此,我才向你隐瞒了真情:因为只有这样,你就再也无法从我身边逃走了。

当然,亲爱的,后面的几个月并不是我原先所想的那样,尽是些幸福快乐的日子,也有着充满恐怖和折磨的日子,充满了对卑鄙小人的憎恶。我的日子过得很不容易。临产前几个月,为了不让我的亲戚发现我的状况并向我家里人报告,我不能再到店里去上班了。我不愿问我母亲要钱,只好把身边的那点首饰变卖掉,才勉强维持了分娩前那段时间的生活。分娩前一星期,一个洗衣妇偷走了我柜子里仅剩的几块钱,我迫不得已去了一家产科医院生产。在那里,这孩子,你的孩子就在那里呱呱坠地。只有那些一文不名的女人,那些被人抛弃、被人遗忘的女人,在走投无路的情况下才会到那里去,才会置身于穷困潦倒的社会渣滓当中。那儿真是叫人活不下去:陌生,陌生,一切都很陌生,我们躺在那儿,彼此也很陌生,孤独寂寞,彼此仇视,大家都是被贫困、被同样的痛苦赶到这间阴森可怕的产房里的,那里充斥着氯仿味和血腥味，充斥着叫喊声和呻吟声。穷人不得不忍受着欺凌，蒙受着精神上和肉体上的羞辱，这些我全都在那里领教过了：我得忍受和那些娼妓、那些病人聚集在一起，她们卑鄙下流地欺侮和自己同病相怜的人；我得忍受那些玩世不恭的小医生，他们脸上挂着嘲讽的微笑，掀开毫无抵抗能力的女人身上的被单，打着科学的幌子在她们身上摸来摸去；我还得忍受护士们的贪得无厌——啊，在那里，一个人的羞耻心被人们的目光处以死刑，任凭恶言恶语的鞭笞。只有写着病人名字的那块牌子还算是你自己，因为床上躺着的只不过是一块不停抽搐的肉，任凭好奇的人东捏西摸，只是人们观赏和研究的一个对象而已——哦，那些有温柔的丈夫在旁边等着，在自己家里生产的妇女，她们不会知道，在类似实验用的桌子上把孩子生下来，那是怎样一种孤独无助、无力自卫。要是我今天还能在哪本书里看到"地狱"这个词，我依然会不由自主地想到那间我曾受尽痛苦折磨的产房，想到那座连羞耻都不再有的屠宰场，那里人挤着人，发出难闻的气味，充满了呻吟声、狂笑声和惨叫声。

请你原谅我，原谅我说了这件事。但我只会说这么一次，以后永远不会，永远不会再说了。这事我沉默了整整十一年，马上我就会闭口不言，直至永远。总得有这么一次，让我嚷一嚷，我付出了多么昂贵的代价，才得到这个孩子，他是我全部的幸福，此刻却躺在那里，已经停止了呼吸。我在孩子的微笑里，在孩子的声音里，在幸福的陶醉下，早已把那些受苦受难的时刻忘了个精光。可是现在，他死了，这种痛苦重新活生生地浮现在眼前，就这一次，就这一次，我得把它从我的心里叫喊出来。可是我并不埋怨你，我只埋怨老天，是老天让我的这种痛苦变得如此毫无理由。我不埋怨你，我向你发誓，我从来没有对你发过火。即便我肚子疼得蜷缩成一团的时候，即便在那些大学生肆无忌惮的目光中，我的身体羞愧得无地自容的时候，即便在痛苦撕裂我的灵魂的一刹那，我也没有对老天埋怨过你。我从来没有后悔和你度过的那几个夜晚，从来没有责骂自己对你的爱，我一如既往地爱你，一直为我们相逢的那个时刻祝福。假如我因为有过幸福快乐的时刻，必须再去一次这样的地狱，并且事先知道自己将遭受怎样的痛苦，我也愿意再去一次，我亲爱的，愿意再去一次，愿意再去千百次！

我的孩子昨天死了——你从没有见过他。就连你们偶尔匆匆相遇，这个充满朝气的小东西，你的骨肉从你身边擦肩而过，你也从来没有瞥过他一眼。我有了孩子之后，就把自己隐藏了起来，不和你见面。我对你的相思也不那么痛苦了，我真的觉得，自从你将这个孩子赐给我之后,我对你的爱不再那么死去活来了,至少我不再为情所困了。我不想把自己分开,分给你和他两个人,所以我不再把感情倾注在你这个幸福快乐的人身上,而是完完全全放在了孩子身上,因为你仅仅是我生命中的匆匆过客而已,可孩子需要我,我得抚育他,我可以吻他,可以搂着他。我似乎摆脱了对你朝思暮想的烦躁不安,摆脱了我的厄运,我似乎是因为另外一个你而得救的,而这个你才真正属于我,因此只有在极少的情况下,我心里才会产生低声下气到你房前去的念头。我只做一件事:每次在你生日来临的时候,给你送去一束白玫瑰,那花和当年我们恩爱的第一夜之后你送给我的一模一样。在这十年、十一年里,你是否问过自己,那花是谁送来的呢?你是否也回想起,曾经你将同样的玫瑰花送给过一个女人呢?我不知道,我也不想知道你的回答。我只是偷偷把花递到你的手上,一年一次,勾起你对那一时刻的回忆。对我来说,这已足够。

你从来没有见过我们可怜的孩子。今天我责怪自己,孩子的事不该一直瞒着你,因为你肯定会喜欢上他的。你从来没有见过这个可怜的男孩,每当他轻轻抬起眼睑,然后用他那聪明的黑眼睛——你的眼睛——向我、向全世界投来一道明亮而欢快的光芒,他就会微笑起来,可是你从来没有见过他的微笑。哦,他是多么快活,多么可爱啊!他身上天真地再现了你那完全无忧无虑的天性,以及你那天马行空的想象力;他可以接连几小时地沉浸在他的游戏之中,就像你游戏人生一样,然后重新变得一本正经,竖起眉毛,坐在那里看自己的书。他越来越像你了,你身上那种独特的亦庄亦谐的双重性格,也已经开始在他身上日益凸显。他越是像你,我越是爱他。他学习成绩优秀,可以用法语和人滔滔不绝地谈话,他的作业本是班里最干净的,他的模样是多么英俊啊,穿黑丝绒衣服或者白色水兵服又显得尤为高雅。不管到哪儿,他都是最为风度翩翩的那一个:在意大利格拉多的海边,我和他一起溜达,这时女人们就会停下脚步,抚摸他的金色长发;在色默林的时候,他滑雪橇,人们都会赞赏地回头注视他。去年,他进了那所闻名遐迩的特蕾西亚寄宿中学,穿着制服,身佩短剑,活脱脱一个十八世纪宫廷侍童,那个模样真是温柔可爱、英俊潇洒啊!可现在,这个可怜的孩子,身上除了一件小衬衫之外一无所有,他躺在那儿,嘴唇苍白,双手合拢着。

可是,或许你要问我,我凭借什么可以让孩子生活在富裕的环境里,接受如此高端的教育?何以让他享受上流社会那种快乐时尚的生活呢?我最亲爱的,我悄悄告诉你,我真不要脸,我要把这件事告诉你,可是你别害怕,亲爱的——我卖身了。我倒不是人们称呼的那种街头野鸡,不是妓女,可我卖身了。我有一些有钱的男朋友、阔气的情人。先是我去找他们，后来是他们来找我，因为我长得非常美，这一点你可曾注意到？我委身相许的每一个男人，他们都喜欢我，他们都感谢我，都依恋我，都爱我，可只有你不是，只有你不是，我亲爱的！

我告诉你，我卖身了，你会因此而瞧不起我吗？不会的，我知道，你不会瞧不起我。我知道，你什么都明白，你也会明白，我这样做只是为了你，为了另一个你，为了你的孩子。在产科医院的那间病房里，我对可怕的贫穷有过切肤之痛，我知道，在这个世界上，穷人总是被践踏、被凌辱，总是牺牲品，而我不希望，绝不希望你的孩子，你那聪明可爱的孩子在社会最底层，在窄巷的垃圾堆中，在霉气熏天、卑鄙龌龊的环境中，在陋室的浑浊空气中长大成人。我不能让他娇嫩的嘴唇去说那些粗俗的语言，不能让他白嫩的肌肤去穿穷人家发霉的皱巴巴的破旧衣裳——你的孩子应该拥有一切：世上的万贯家产，人间无忧无虑的生活。他应该进入你的阶层，进入你的生活圈子。

因为这个原因，只是因为这个原因，我亲爱的，我卖身了。对我来说，这也算不得什么牺牲，因为人们通常所说的名誉、耻辱，对我来说全是空洞无物的东西：我的身体属于你一个人，既然你并不爱我，那么不管我的身体做出什么事来，我也觉得无所谓。我对男人的爱抚，甚至于他们内心深处最深沉的激情，全都无动于衷。尽管有时我会对他们中的有些人心生敬意,他们的爱情得不到回报,我对他们深表同情,想起我自己的命运,他们的遭遇经常使我深受震动。我认识的那些男人,他们都对我很好,都很宠爱我,尊重我。尤其是那位帝国伯爵,一个年岁较大的鳏夫,他为了让这个没有父亲的孩子、你的儿子能上特蕾西亚寄宿中学,到处奔走,托人说情。他像爱女儿那样爱我,向我求了三四次婚。如果答应了他的求婚,我今天可能已经是伯爵夫人,是蒂罗尔一座迷人的宫殿里的女主人,可以无忧无虑地生活,孩子将会有一个慈爱的父亲,被他视为宝贝,而我的身边将会有一个文静沉稳、出身高贵、心地善良的丈夫。可是,我始终都没有答应他,不管他多少次地催逼我,不管我的拒绝多么伤他的心。或许我真的做了一件蠢事,因为要不然我现在就可以在某个地方过着悠然自得的生活,而这个孩子,这个讨人喜欢的孩子就可以和我在一起,可是——我干吗不向你承认这一点呢——因为我不愿意自己被束缚住,我要时刻为你准备着。在我的内心深处,在我的天性的下意识里,我一直还做着一个孩子的往日旧梦:说不定你还会再次把我召唤到你的身边,哪怕只是叫去一个小时也好啊。而仅仅为了这可能的一个小时,我把所有的一切都抛开了,只是为你时刻准备着,好让我召之即去。自从我情窦初开以来,我这整个一生无非就是等待,等待着你的决定!

这个时刻真的来临了。可是你并不知道,你并没有觉察到,我亲爱的!就是在这个时刻你也没有认出我来,永远,永远,永远没有认出我来!我在之前已经遇见过你好多次,在剧院里,在音乐会上,在普拉特公园里,在大街上。每一次遇见你,我的心都会急促地跳动,可是你的目光从我身上一晃而过:不错,我的模样已经变成了另外一个人,我从一个腼腆的小姑娘变成了一个女人,就像他们说的那样,姿色动人,衣着华丽,身边被一群仰慕者簇拥着,你怎么可能猜出我就是你卧室里昏暗灯光下那个羞答答的姑娘呢?有时,我和男人走在路上,他们中有人向你打招呼。你向他致谢,然后抬头看我一眼,可你的目光是客气而陌生的,是一种赞赏的目光,你从未认出我来。陌生,可怕的陌生!你始终没认出我来,对此我几乎已经习以为常,但我依然记得,有一次你简直叫我痛苦不堪。那次,我和男友一起坐在歌剧院的一个包厢里,你坐在隔壁的一个包厢里。序曲开始的时候,灯光熄灭了,我看不见你的脸,只感到你的呼吸挨我如此之近,就跟当年那个夜晚我们挨得如此之近一样,你的手,你那纤细而娇嫩的手,支撑在我们两个包厢那上面铺着天鹅绒的栏杆上。我想俯下身去,谦卑地亲吻一下这只陌生却又如此叫我喜欢的手,这种强烈的欲望不断向我袭来,我曾经被这只手温柔地拥抱过啊。音乐在我周围波涛汹涌般不断起伏,我的欲望也随之变得越来越强烈,我不得不攥紧拳头,竭力控制住自己,不让自己失态,因为一股巨大的力量要把我的嘴唇吸到你那只亲爱的手上去。第一幕演完,我就求男友和我一起离开剧院。黑暗里你挨我如此近,却又如此陌生,我再也忍受不了了。

可是这个时刻来临了,又一次来临了,在我无声无息的生活中这是最后一次。这事差不多正好发生在一年前,你生日的第二天。真奇怪,我每时每刻都在想着你,把你的生日当节日一样地庆祝。你生日那天,我大清早就出门了,买了一些白玫瑰花,和往年一样,派人给你送去,以纪念那个你已经忘却了的时刻。下午我带着孩子一起出去玩,我们去了戴梅尔宫廷甜品店,晚上又去了剧院。我希望,尽管他不知道这一天的含义,他也能够从少年时代起,就将这一天视为一个神秘的节日。第二天,我和我当时的男友待在一起。他是布尔诺的一个年轻富有的工厂主,我和他已经同居两年,他娇我宠我,和别人一样,也想和我结婚,可我也像对别人一样,同样似乎毫无缘由地拒绝了他的求婚,尽管他给我和孩子送了大量礼物,人也讨人喜爱,心肠也好,就是稍稍有点迟钝,有点儿奴才相。我们一起去听音乐会,在那里碰到一些兴高采烈的朋友,然后在环形大道的一家饭店里共进晚餐。在众人的欢声笑语中,我建议再到塔伯伦舞厅去玩。我一向对这种灯红酒绿、醉生梦死的舞厅很反感,要是平时有人提出这种"通宵达旦地痛饮狂欢"的建议,我肯定会坚决反对,可这一次——我的心里像是有一种莫名的魔力,促使我莫名其妙地提出这个建议。这个提议在众人之间引起一阵激动,大家兴高采烈地表示拥护——我却突然有了一种说不清道不明的强烈欲望,仿佛那里有什么特别的东西在等着我似的。大家都习惯了取悦我,便立马站起身来。我们到了舞厅,喝着香槟酒,我心里突然涌起一种从未有过的疯狂的、近乎痛苦般的欢乐。我不停地喝酒,跟他们一起唱些低俗的歌曲,并且难以摆脱想要跳舞或者欢呼的渴望。可是突然,我觉得仿佛有种冰凉的或者灼热的东西落到我的心上,于是竭力控制住自己,不让自己失态:你和几个朋友坐在邻桌,你用赞赏而又好色的目光看着我,用那每每把我撩拨得身心荡漾的目光看着我。十年来第一次,你又以天性中的本能和满腔的激情注视我。我不由得颤抖起来,举起的酒杯差点儿从我手中跌落。还算幸运,同桌的人并没有注意到我心乱如麻的神态:它消失在震耳欲聋的哄笑和乐声中。

你的目光变得越来越灼人,使我浑身火烧火燎的。我不知道,你是终于、终于认出我来了,还是把我当成了另外一个陌生女人对我产生了渴望。热血一下涌上我的脸颊，我心不在焉地和同桌的人答着话。你一定注意到，我被你的目光搅得多么心神不安。你趁其他人没注意，转动了一下脑袋，示意我到前厅等一会儿。接着你很张扬地埋单，和你的朋友告别，走了出去，临走前又一次向我暗示：你在外面等着我。我浑身直打哆嗦，又像是发冷，又像是发烧，答不上别人的问话，也难以控制我周身奔腾的热血。恰好就在这时候，有一对黑人跳起了一种稀奇古怪的新式舞蹈，脚后跟踩出噼里啪啦的响声，嘴里发出怪异的尖叫：大家全都目不转睛地盯着他们看，我正好利用了这一瞬间。我站起身来，对男友说，我出去一下，马上回来，于是跟着你走了出去。

你站在外面衣帽间前的前厅那里等我。我一出来，你的眼睛就发亮了。你微笑着疾步迎上前来。我马上看出，你没有认出我，没有认出从前的那个小女孩，也没有认出后来的那个姑娘，你又一次想把我当作一个新欢，当作一个素不相识的女人弄到手。

"您是否也可以给我一个小时时间呢？"你亲切地问我。从你信心十足的口气看，我感觉你分明把我当作夜里拉客做生意的那种女人了。"好呀。"我说道。十多年前，在灯光幽暗的马路上，那个姑娘曾经就用这句"好呀"回答过你，尽管她的回答同样带着颤抖，但她的同意是不言而喻的。"那我们什么时候可以见面呢？"你问道。"我随您，什么时候都可以。"我回答。在你面前我不感到羞耻。你稍稍惊讶地望着我,你的惊讶之中带着和当年一样的狐疑和好奇,那时我马上答应了你的请求,你同样感到惊讶不已。"您现在可以吗?"你略微有些犹豫不决地问道。"好呀,"我说道,"我们走吧。"

我本想先到衣帽间取回我的大衣。我这才想起,存放衣服的牌子在男友手里,因为我们的大衣是存放在一起的。回去问他要,想必要说出一大堆理由才行,可另一方面,要我放弃和你在一起的一个小时,我渴望多年的那一个小时,我又不愿意。所以,我连一秒钟也没犹豫,只拿了一条围巾披在晚礼服上,就走到外面雾气弥漫的夜色中去了,根本不去管我那件大衣,根本不去理会那个温柔善良的人,这么多年来,我就是靠着他生活,而我却在他的朋友面前出尽他的洋相,使他成了一个最为可笑的傻瓜:和他同居多年的情人,只要一个陌生男子吆喝一声,可以连个招呼都不打就跟着人家跑了。哦,我从内心深处意识到,我对一个忠诚老实的男友犯下的勾当是多么卑鄙无耻、忘恩负义和下流至极啊。我感到,我的行为很可笑,由于我的疯狂,一个善良的人蒙受了永远的致命的精神伤害,我感到,我已把我的生活恰好撕成了两半——可是,同我迫不及待地想再一次亲吻你的嘴唇,想再一次听你温柔地和我说话相比,友谊对我来说算得了什么,我的存在又算得了什么呢?我就是如此地爱过你,我现在可以告诉你这句话了，因为一切都已一去不复返，都已烟消云散。而我相信，就算我已经死在了床上，只要你呼唤我，我也会突然有了生命，可以立即站起身来，跟着你走。

门口停着一辆车，我们乘车来到你的寓所。重新听见你的声音，重新感到你含情脉脉地和我在一起，我和从前一样如痴如醉，像孩子一样幸福，可又感到一筹莫展。在十多年之后，我第一次重又登上了这道楼梯，不，不，我无法向你描述，在那些瞬间里，我对一切总是有着两种感觉，既感觉到逝去的岁月，又感觉到现在的光阴，而在一切之中，我只感觉到你。你的房间变化不大，多了几张照片，多了几本书籍，有些地方添置了几件以前没有见过的家具，不过这所有的一切都在亲切地向我问候致意。书桌上放着花瓶，里面插着玫瑰，那是我的玫瑰，是前一天你生日的时候我叫人送给你的，以此纪念一个女人，你已经不记得她，也认不出她了，即便此刻，她就在你的身边，和你手拉着手，嘴唇贴着嘴唇。可是，不管怎样，你供养着这些鲜花，我还是很高兴：这样毕竟还有我这个人的一点气息在，还有我那一缕爱的呼吸萦绕在你的周围。

你把我拥入怀里。我又在你家里度过了一个销魂蚀骨的夜晚。可是，即使我裸露着身体的时候，你依然没有认出我来。我幸福地接纳你那轻车熟路的柔情蜜意，并且发现，你的激情对一个情人和一个妓女是没有区别的,你纵情声色,挥霍无度。你对我这个从舞厅里叫来的女人,竟然如此柔情似水,如此富有教养,如此真诚而充满敬意,同时在享受女人的时候又是如此激情澎湃;我陶醉于往日的幸福之中,又感觉到你天性中的这种独一无二的双重性格,在肉欲的激情之中包含着知性的精神上的激情,当年正是你的这种激情,使我这个小姑娘对你难舍难分。我从来没有见过一个男人在柔情似水之中,如此全神贯注于瞬间的贪欢,将内心最本质的东西展示和暴露得一览无余——当然,事过境迁之后,一切归于遗忘,无声无息,几近不近人情。可是,我自己也忘记自己了:此时此刻,在黑暗中躺在你身边的我究竟是谁?我就是从前那个火烧火燎的孩子吗?我是你那孩子的母亲吗?抑或我只是一个陌生女人呢?哦,在这欲望之夜,一切是如此亲切,如此历历在目,一切又是如此欢欣鼓舞,如此新奇。我祈祷,但愿这一夜成为永恒。

可是第二天早晨来临了,我们很晚才起床,你邀请我和你共进早餐。仆人虽然没有露面,但早已悄悄地在餐厅里做好了准备,我们一起喝茶、聊天。你依然用那种天生的以诚相待和亲密无间的态度和我说话,绝口不提任何冒冒失失的问题,也绝对不对我这个人表示出任何好奇心。你没有打听我的名字,也不问我住在哪里:对你来说,我只不过是你的又一次艳遇,是你的一个无名女人，是你的一段欲火燃烧的时光，然后在遗忘的烟雾中消散得无影无踪。你告诉我，你现在又要去远行了，这次是到北非去，要去两三个月。我在幸福之中颤抖起来，因为这时候我的耳边响起了一个声音：结束了，结束了，忘记了！我真想跪在你的脚下，大声说："带我走吧，你终究会认出我来，在那么多年之后，你终究会认出我来！"可是在你的面前，我是如此羞于启齿，如此胆小如鼠，如此奴颜婢膝，如此软弱无力。我仅仅说了这么一句："太遗憾了！"你微笑着望了我一眼："你真的觉得遗憾吗？"这时候，我的野心突发。我站起来，注视着你，目光坚定而漫长。然后我说道："我爱过的那个人，他也老是出门旅行。"我看着你，盯着你眼睛里的瞳仁看。"现在，现在他要认出我来了！"我浑身战栗，心都要跳出来了。可是你对我微微一笑，安慰道："会回来的。""是啊，"我回答说，"会回来的，可是一回来，又什么都会忘了。"

我和你说话的样子，一定很特别，也很有激情。因为这时候，你也站了起来，凝视着我，不胜惊讶，也很体贴入微。你抓住我的肩膀。"美好的东西是不会忘记的，我是不会忘记你的。"你一边说，一边低下头来，你的目光射进我的内心深处，仿佛要把我的形象烙在你的脑海里似的。我感觉到你的目光已经闯入我的身体，它在里面探寻、感知，在吮吸着我的整个生命，所以那时我相信，盲人终于、终于要重见光明了。他要认出我来了，他要认出我来了！想到这一点，我的整个灵魂都颤抖起来了。

可你没有认出我来。没有，你没有认出我来，对你来说，我在任何时候都从来没有比这一瞬间更为陌生的了，否则你就绝不会干出几分钟之后干的好事来。你吻我，再一次狂吻我。我的头发被你弄乱了，我只好再次梳理整齐。我站在镜子面前，这时我从镜子里看到——我又害臊又吃惊，差点儿跌倒在地——我看到你悄无声息地将几张大面额钞票塞进我的暖手袋里。在这一刹那，我干吗不叫出声来，给你一记耳光呢？我，从小就爱你，是你孩子的母亲，可你却为这一夜付给我钱！在你眼里，我不是别的什么人，只不过是舞厅里的一个妓女而已。你竟然付给我钱，付给我钱！被你忘记还不够，我还得忍受你的凌辱！

我赶紧收拾我的东西。我想离开，马上离开。我的心都快要碎了。我抓起我的帽子，它就搁在书桌上那只花瓶旁边，花瓶里插着白玫瑰，我的玫瑰。这时候，我的心里突然产生了一个强烈的不可遏制的愿望，我想再一次努力提醒你："你是否愿意送我一枝你的白玫瑰呢？""当然啦。"说完，你立马拿起一枝玫瑰。"可是，说不定这些花是一个女人，一个爱你的女人送给你的吧？"我问道。"或许是吧，"你回答，"我不知道，花是人家送给我的，但我不知道是谁送的，所以我才这么喜欢那些花。"

我注视着你,说道:"说不定也是一个被你忘记的女人送的呢!"

你露出一副讶异的神色。我目不转睛地盯着你看:"快认出我来,最后认出我来吧!"我的目光在吼叫。可你的眼睛亲切而无知地微笑着。你又一次亲吻我。可你还是没有认出我来。

我疾步走到门口,因为我感觉到,泪水一下子涌上我的眼眶,我不希望让你看见。我奔出去的时候步子太急,在前厅差点儿和你的仆人约翰撞了个满怀。他赶紧羞怯地闪到一边,打开大楼门让我出去,可就在这一刹那,你听见了吗?就在我看着他,满含泪水看着这个形容枯槁的老人的一刹那,他的眼里突然一亮。就在这一刹那,你听见了吗?就在这一刹那,老人认出我来了,从我童年时代起,他一直没有见过我。就为了他认出我,我真想跪在他面前,亲吻他的双手。于是,我从暖手袋里迅速掏出你用来鞭笞我的钞票,塞到他的手里。他哆嗦着,惶恐不安地抬头看我。在这一刹那他对我的了解,恐怕要比你一生对我的了解还多。所有的人,所有的人都宠爱我,大家都对我很好——唯有你,唯有你把我忘得一干二净,只有你,只有你从来没有认出我!

我的孩子,我们的孩子昨天死了——现在这个世界上,除了你,我再也没有可以爱的人了。可对我而言,你是谁?你从来没有认出我来，从来没有，你从我身边走过，好似从一条河边走过，你踩在我身上就像踩在一块石头上，你总是马不停蹄地走啊走，却让我永远地翘首等待。我曾经以为在孩子身上抓住你了，抓住你这个逃亡者了。可就是你的孩子，一夜之间他就残忍地离开我独自去旅行了，他把我忘记了，永远不回来了。我又是孤单单一个人了，比以往任何时候都要孤单，我什么都没有，没有你的任何东西——再也没有孩子，没有一句话，没有一行字，没有一点回忆。若是有人在你面前提起我的名字，这个陌生名字就会从你耳边一晃而过。既然在你眼里我已经死了，我为什么不高高兴兴死去呢？既然你已离我远去，我为什么不远走高飞呢？不，亲爱的，我不责怪你，我不愿意你快乐的生活被我的悲伤淹没。请别担心我会继续折磨你——请原谅我，孩子已经死了，孤零零地躺在那里，在这一刻我必须让我的灵魂呼喊一次，就这一次，然后我将默不作声地回到我的黑暗中，正如我一直默不作声地在你身边一样。可是只要我还活着，你就不会听到我这声呼喊。只有我死了，你才会收到我的这份遗嘱，这个女人她爱你胜过所有的人，而你从来没有认出她来，她始终在等着你，而你从来没有呼唤过她。也许，也许你以后会呼唤我，而我将第一次没有为你尽忠，因为我死了，再也听不到你的呼唤了。我没有为你留下一张照片，留下一件信物，就像你什么也没有为我留下一样。你将永远不会认出我来了,永远不会。我活着时命运是这样,死后命运还是这样。在我生命的最后一刻,我不想把你叫来,我走了,你连我的姓名和我的容貌都不知道。我死得很轻松,因为你在远处是感觉不到的。假若我的死会让你伤心,那我就不会死了。

我写不下去了……我感到头晕眼花……四肢酸痛,我在发烧……我想我得马上躺下来。或许马上就会过去了,或许命运终于会对我发一次慈悲,让我不用看着他们把孩子抬走……我写不下去了。再会了,亲爱的,再会了,我要谢谢你……即便是这样,这也挺好的……我要谢谢你,直到最后一息。我感觉挺好的:凡是想说的,我都说了,现在你知道了,不,你只是感觉到,我有多爱你,可我的这种爱不会给你带来任何牵绊。你不会想我的——这让我感到安慰。你幸福快乐的生活不会有任何改变……我的死不会给你造成任何麻烦……这让我感到安慰,你,我亲爱的。

可是有谁……现在有谁在你每次生日的时候送你白玫瑰呢?哦,花瓶里将会空空的,来自我生命的一点呼吸、一点气息,曾经每年都会在你四周飘溢,从此也将烟消云散了!亲爱的,你听着,我求你一件事……这是我对你的第一个,也是最后一个请求……你就做一件让我高兴的事吧,在你每年过生日的时候——生日确实是一个可以让人想到自己的日子——去买些玫瑰花，插在花瓶里。你就这么做，亲爱的，就这么做吧，就像别人每年为死去的爱人做一次弥撒一样。可我已经不再相信上帝了，不用人给我做弥撒，我只相信你，我只爱你，只是希望自己能继续活在你的心中……哦，一年只要一天，悄悄地，只是完全悄无声息地继续活在你的心中，就像我曾经在你身边活过一样……我求你这么去做，亲爱的……这是我对你的第一个，也是最后一个请求……我要谢谢你……我爱你，我爱你……再会了……"

他双手颤抖着把信放下，然后在那里沉思良久。一点点淡淡的回忆依稀浮现在他的心头，那是一个邻家孩子，一个邻家姑娘，一个舞厅的女人，可回忆朦朦胧胧，凌乱不堪，仿佛一块石子，在流淌的河水底下闪闪发光，却又飘忽不定。那些幻影飘然而来，倏忽而去，终究构不成一幅完整的画面。它勾起他一些感情上的回忆，可怎么也想不真切了。他觉得所有这些形象似乎都梦见过，常常在深沉的梦里见过，可也只是梦里见过而已。

他的目光恰好落在他面前书桌上的那只蓝色花瓶上。瓶子是空的，那么多年来，在他生日这一天花瓶里没有鲜花，这还是第一次。他感到悚然一惊，仿佛突然有一道门悄无声息地被打开了，冷飕飕的穿堂风从另一个世界吹进了宁静的房间里。他感觉到死亡的气息，感觉到不朽的爱情。像是打翻了五味瓶似的，万千思绪一齐涌上他心头，犹如远方传来的乐声，他隐约想起了那个看不见的女人，那个无影无踪的女人。

II.

火烧火燎的秘密

伙伴

　　火车头嘶哑地吼叫了一声，色默林到了。黑色的火车在银白色灯光照耀下稍作停留。车里下来几个穿着不同的乘客，又上去几个。一时间，到处是令人揪心的嘈杂声。接着，车头方向又嘶哑地尖叫了一声，火车拽起黑色链条丁零当啷地向前钻进隧道里去了。广袤无际的景色又纯净地展现了出来，清晰的背景被潮湿的山风吹得晶莹剔透。

　　下车的人中有位年轻人，衣着讲究，脚步天然富有弹性，让人一看便顿生好感。他迅速走到其他人前面，跳上一辆去旅馆的马车。随着踢踢踏踏的声响此起彼伏，马车沿着上坡路不急不缓地跑去。空气里弥漫着春天的气息。天空中，洁白的云朵不安分地翩翩起舞，它们只在五六月间才有这样的姿态。这些洁白的变化多端的家伙，嬉戏着奔过蓝色的轨道，有的旋即隐藏在高山之后，有的彼此拥抱然后分开，时而像手绢似的揉成一团，时而又撕成条状，最后变成白帽，淘气地戴在高山之上。高空中的风也不安分，剧烈地摇动着依然被雨水浸润着的瘦削的树木，直摇得枝丫低沉地咔嚓作响，数不清的水滴像火花一样飞溅而出。有时，似乎从山上飘来清凉的雪的芬芳，从呼吸中可以感受到某种甜辣相间的滋味。空气中和泥土里的一切都在蠢蠢欲动，酝酿着骚动不安。马儿轻轻地打着响鼻，此刻在下坡路上奔驰，铃铛的丁零声远远传到前方。

年轻人一到旅馆，立即查看入住客人名单，但只是匆匆浏览了一下，马上就失望了。"我干吗要到这里来？"他变得烦躁起来，"孤身一人待在这山上，没有任何社交聚会，那可比待在办公室里还要百无聊赖。显然我来得不是时候。我在度假时从来没有交过好运。这里没有一个熟人。哪怕有几个女人，也还能跟她们玩上一次小小的暧昧，必要时哪怕真心实意地动一次感情，这一周也不至于太过索然无味了。"年轻人是一位男爵，出身于奥地利名望不怎么显赫的官僚贵族世家，目前在总督府供职。对这次短暂的休假，他并没有做过任何计划，只是因为所有同事都已休过一周的春假，而他又不想把自己的假期奉送给国家。

他虽然相当内秀,却天生喜欢交际,乐意在各种各样的社交圈里出出风头,而且深刻认识到自己耐不住孤单寂寞。他不喜欢独来独往,也尽力避免独处,因为他根本不愿意更深入地认识自己。他只知道,他需要和人接触,才能让自己所有的才华、心底的热情和放纵的情感熊熊燃烧起来,犹如火柴需要摩擦才能燃烧。而让他独自一人待着时,则发挥不出任何用处,就如火柴装在火柴盒里一样。

他情绪恶劣地在空荡荡的大堂里走来走去,一会儿犹豫不定地翻翻报纸,一会儿在音乐室的钢琴旁弹上一曲华尔兹,可手指总是找不到音乐的节奏。最后,他闷闷不乐地坐下,看着窗外。暮色慢慢降临,灰蒙蒙的迷雾宛若蒸汽从杉树林中弥漫开。他就这样无谓而烦躁地消磨了一个小时,然后灰溜溜地去了餐厅。

餐厅里只有几张桌子旁坐了客人,他朝那些地方匆匆瞥了一眼。还是徒然!没有熟识的人,只瞧见有位马术教练,那是他在赛马场上认识的,他懒洋洋地和他打了个招呼;他还看到了另一张脸,是在维也纳环城大道上见过的。除此之外,再没有别的人了。没有一个女人,连一次短暂的艳遇也不可能发生。他本来就情绪低落,现在更是心烦意乱。他是那种仅仅凭借英俊的相貌,就可以时常交上好运的一类年轻人,总是对陌生的艳遇满含热情，时刻为一次崭新的邂逅、一次崭新的体验准备着。没有什么使他们感到惊讶，因为他们早已胸有成竹，任何有关风月的蛛丝马迹都逃不过他们的眼睛，因为他们从看到女人的第一眼起就开始研究她的情欲世界，不管这个女人是他们朋友的太太，还是为他们打开房门的清洁女工。当我们简单地鄙夷地称呼他们为猎艳者时，其实这个词相当传神地将他们凝神窥视的情态描述了出来。他们身上确实拥有猎者的本能：激情如织、跟踪寻找蛛丝马迹、兴奋、内心残酷无情。他们守候在狩猎的场所，时刻准备着，一心一意追寻艳遇的踪迹，直至坠入痛苦的万丈深渊。他们总是满怀激情，但不是恋爱中的男人的崇高激情，而是赌徒的激情——冷漠、自私而又危险。他们之中有一些人，乐此不疲，远不止青春时期，他们的整个一生都在这种冒险中。他们的每一日被分解成无数个细小的感官经历——一个转瞬即逝的眼神，一抹倏忽而过的微笑，一只相对而坐时轻轻接触到的膝盖——然后整个一年又被分成无数个这样的一日，而对无数个这样的一日而言，这种感官经历成了永远流淌、充满滋养和鼓舞向前的生命源泉。

这个人的目光一刻不停地搜寻着，可马上意识到，这里没有能和他玩上一把的对手。这就好比一个赌徒坐在绿色赌桌前，手里抓着一副好牌，知道自己胜券在握，却等不来对手的出现，没有什么比这更让一个赌徒恼火了。男爵要了一份报纸，垂头丧气地在报纸上看了几眼，但毫无思绪，像喝醉了酒似的看不懂上面的文字。

这时他听到身后衣裙的窸窣声，有个声音略带愠怒，用装腔作势的语调说道："你给我闭嘴，埃德加！"

一条真丝连衣裙缓缓移动，在他的桌旁沙沙作响，这是一个高大丰满的女人的身影，她身后跟着一个男孩。男孩个子不高，脸色苍白，穿着一件黑色天鹅绒上装，正好奇地打量男爵。两人面对面地在为他们预留的桌旁坐下。男孩竭力想使自己的举止合乎礼仪，但他眼睛里透着一股子烦躁，看来并不安分。那位女士——年轻的男爵现在只注意到她——是一位犹太人，打扮精心，穿着时髦出众，恰好是他喜欢的那类女人：身材略显丰腴，风韵犹存的年纪，显然满怀激情，但经验丰富，善于以高雅的忧郁神情来遮掩她的真性情。他起先还不敢直视她的眼睛，只是欣赏她秀美的鼻子上方眉宇间的美妙弧线，鼻子虽然显示了她的种族，但完美的形状也使她的脸形显得鲜明而有趣。她的秀发和她丰满身体上的一切女性特征一样，分外充盈饱满。她的美丽备受夸赞，似乎有些浓烈张扬。她用极轻的声音点菜，斥责孩子不要把刀叉玩弄得叮当作响——她做这些事时，都像是带着满不在乎的态度，似乎并没有注意到男爵悄悄投送过来的目光,而实际上正是因为他的关注才迫使她伪装成小心谨慎的样子。

男爵脸上的不快一扫而光,面露喜色,神情暗暗活跃起来,皱纹舒展,肌肉鼓起。他不由得伸直身体,眼睛闪闪发光。有些女人需要男人的捧场,才能焕发光彩,他也和这些女人一样,只有感官的刺激才能使他释放出强劲的能量。他的猎人本能在这里嗅到了野物的气味。他的目光挑战似的试图与她的目光对接,可她的目光在偶尔匆匆扫过时,只是以暧昧模糊的闪烁不定和他的目光交会,从未直截了当地给一个明确的回答。偶尔她的嘴角泛起一丝微笑,但所有这一切都难以捉摸,而恰恰是这难以捉摸的一切才使他激动不已。最让他心怀希望的,就是她总不正眼看他,这既可以说是反抗又可以说是拘束的表现。其次就是她和孩子聊天的方式,那种可疑的小心翼翼显然是做给观众看的。他感觉到,用这种引人注目的方式强调自己的镇定自若,恰恰是为了掩饰她的方寸已乱。

男爵很兴奋:游戏开始了。他巧妙地拖长自己的用餐时间,花了半个小时,几乎一刻不停地观察她,直至能描摹出她脸上的每一处线条,以无形的方式抚摸遍了她丰满胴体的每一个部位。外面,夜色浓得叫人喘不过气来,大片的乌云向森林伸出灰色的巨手,森林发出孩子般惊恐的呻吟,阴影越来越浓地逼近室内,屋子里的人似乎越来越多地以沉默的方式感受这种难挨的压抑。在寂静的威胁下，母子之间的对话越来越不自然，越来越做作。他感到这一切马上该结束了。于是他决定试探一次。他首先站起来，从她身旁走过，看着窗外的景色，一路慢慢走到门口。到了门口，仿佛忘记了什么东西似的，他冷不防转过头，然后看到了她。她正用热烈的目光看着他。

　　这使他心动。他在大堂里等着。不一会儿，她过来了，拉着男孩的手，一路走过时还顺手翻了翻几本杂志，给孩子看了几张图片。可当男爵像是无意间凑近桌子，假装也在寻找一本杂志，其实是想更近地逼视她那水汪汪的双眼，或许还想和她攀谈几句时，她却转过身，轻轻拍了拍儿子的肩膀，说："走吧，埃德加！睡觉去了！"便从他身边冷冷地走过去了。男爵目送他们离去，心里稍感失望。他本来还想今晚就和她相识，这突如其来的变化让他大失所望。可话说回来，刺激本来就来自不配合，恰恰是这种捉摸不定点燃了他的欲望。不管怎样，他找到了自己的伙伴，游戏可以开始了。

神速的友谊

　　次日早晨，男爵走进大堂，看到那位美丽的陌生女人的孩子正和两个电梯工聊得起劲,他在给电梯工看德国冒险小说家卡尔·麦一本书里的几幅插图。他的母亲不在,显然还在梳妆打扮。男爵直到现在才仔细端详起男孩来。男孩约莫十二岁,有些羞涩,身体尚未发育完全,有点神经质,动作毛躁,黑色眼睛左右乱看。和那个年龄段的孩子常见的那样,他给人留下的印象也是有些毫无缘由的神色慌张,仿佛刚从睡梦中被叫醒,又恍然置身于陌生的环境中。他的脸长得不算英俊,但还没有完全定型,男人和男孩之战似乎才刚刚打响,一切还只是捏出的毛坯,没有塑造成形。纯净的五官线条还没有任何特别之处,仅仅勉强拼凑在一起,混杂着苍白和不安。此外,他刚好处在无法给人产生好感的年纪,他这种年纪的孩子穿不出合身的衣服,袖子和裤子穿在瘦削的肢体上显得松松垮垮,也还没有任何虚荣心提醒他们注意自己的外在形象。

男孩犹豫不定地四处乱窜,一副可怜巴巴的样子。他确实妨碍到大家了。门卫不一会儿就把他推到一边,因为他似乎在用各种各样的问题惹得门卫厌烦。过了一会儿,他又堵住了旅馆入口。他显然缺乏和他交流的伙伴,所以才伺机和旅馆服务员搭讪,好满足和人闲聊的需求。这些服务员如果恰好有时间,也会回答他的问题,但一旦看到有成年人进出或者有更紧迫的事需要处理,就会立即中断和他的对话。男孩好奇地注意一切动静，而所有的人都不友好地躲着他。男爵微笑着，饶有兴趣地注视着这个不幸的男孩。有一次他紧紧抓住了孩子好奇的目光，可那双黑色眼睛只要在寻找过程中发现被人逮住了，马上就会惊恐地回避，躲到耷拉的眼皮后面。男爵觉得很有意思。他对男孩产生了兴趣。这个孩子显然仅仅因为害怕而显得如此羞怯。他自问：这个看似羞怯的孩子能否以最快的速度充当他和他母亲亲近的中间人？无论如何，他想尝试一下。这时候，孩子又回到了门口，出于孩子童真的天性爱抚着一匹白马淡红色的鼻孔，却被马车夫相当不客气地轰走了，他真是毫无运气可言。男爵悄无声息地跟在他后面。此刻，男孩开始委屈而无聊地闲逛起来，茫然无神的目光里带着一丝悲伤。就在这当儿，男爵和他攀谈起来。

"嗨，小伙子，你喜欢这里吗？"他突然开口问道，口气尽量显得和蔼可亲。

孩子一下涨红了脸，惊惶地抬头张望。不知怎么的，他恐惧地把手缩了回去，身体因尴尬而蜷缩着。居然有陌生男子主动和他搭话，这种事还是第一次发生在他身上。

"多谢，很好。"他结结巴巴地回答道，最后一个字都没有发出声音，像是被哽住了。

"这让我感到很惊讶，"男爵朗声大笑道，"这里本来就是个无聊乏味的地方,尤其对像你这样的小伙子。你每天在这儿都干些什么呢?"

男孩有些慌张,无法迅速作答。一位风度翩翩的陌生男子竟然和他这个平时从没有人搭理的人交谈,是真的吗?他感到害羞,又引以为豪,连忙费力地打起精神回答:"我看看书,然后和妈妈经常去散步。有时我们坐在车里兜风。我在这里休养,我之前生过病。医生说我要多晒晒太阳。"

他说最后几句话时已经显得底气十足了。孩子们总是为自己的疾病感到自豪,因为他们知道,在家人眼里,疾病的侵扰会使孩子变得格外重要。

"是啊,太阳对像你这样的年轻先生很受用,它会把你的皮肤晒得黑黑的。可你也不必整天坐在太阳底下,像你这样的孩子应该到处转转,好好玩个痛快,也可以偶尔搞点小闹剧。我觉得你太乖了,看上去就像是一个书生,手里捧着一本又大又厚的书啃个没完。我记得,我在你这样的年纪,可是个十足的淘气包,每天晚上回家裤子都是破的。你可别太乖了!"

孩子忍不住笑了,这番对话消除了他心里的紧张。他本来想说上几句不一样的话回击一下,可是男爵和他说话时如此平易近人,如果在这位可爱而陌生的先生面前再这样随便说话,那他就显得太不礼貌了。他从不冒冒失失地插话,而且总是有点不知所措。此刻,他因为幸福和羞怯更加无措了。他很想和他继续交谈下去,可是脑子里一片空白,什么都想不起来。这时,旅馆里那条壮硕的黄色的雪山救生犬刚好从他们身旁走过,对着他俩嗅了嗅,乖乖地听凭他们爱抚。

"你喜欢狗吗?"男爵问。

"哦,非常喜欢,我奶奶在巴登的别墅里就养了一条狗,我们住在那里时,它整天和我一起玩。但这只是在夏天,我们到奶奶家做客的时候。"

"在我家里,在我们庄园里,我估计得有二十多条狗呢。如果你在这里听话,我就送你一条。一条棕色的小狗,长着一对白耳朵,刚生下来没多久。你想要吗?"

孩子高兴得脸都红了。

"那当然了。"

他脱口而出,情绪热烈,满心渴望。可转眼之间,顾虑写在他的脸上,一副害怕和惊恐的样子。

"可妈妈肯定不会答应的。她说不喜欢家里养狗,太麻烦了。"

男爵不禁喜上眉梢。他们的对话终于提到妈妈了。

"妈妈有那么严厉吗?"

孩子思考再三,抬头望了他一眼,像是在探询是否可以相信这位陌生的先生。他的回答很小心:"没有,妈妈不严厉。我生病的时候，她什么都答应我，没准现在也会答应让我养条狗。"

"要不要我跟她说说？"

"好呀，那拜托您了。"男孩欢呼道，"那样妈妈肯定会同意的。这条狗长什么样呀？有一对白耳朵，是吗？它会叼东西吗？"

"会，它什么都会。"男爵为孩子眼里快速迸出来的热烈火花微笑起来。男孩一开始的拘束感蓦然消失，因为害怕而被抑制住的激情一下子喷涌而出。转眼间，先前那个害羞、胆怯的孩子变成了一个兴高采烈的男孩。男爵不由自主地想，假若男孩的母亲也是这样，在害怕的背后同样也是如此热情奔放，那该多好！可是，男孩马上向他提了许多问题：

"那只狗叫什么名字？"

"卡洛。"

"卡洛。"孩子欢呼起来。有人竟然如此体贴入微地关心他，他完全被这一出人意料的惊喜陶醉了。他禁不住笑出声来，对男爵的每一句话都感到欢欣鼓舞。事情进展得如此神速，男爵也感到惊讶，于是决定趁热打铁。他马上邀请男孩和他一起出去散步。可怜的孩子几周来苦于找不到可以聊聊的伙伴，听到男爵这样的提议，简直心花怒放。他对新朋友像是不经意间提出的细小问题，竟然都不假思索地和盘托出。没过多久，男爵就对男孩的家庭情况了如指掌了，甚至了解到埃德加是维也纳一个律师的独生子,显然这是一个殷实的犹太中产阶级家庭。通过巧妙的盘问,男爵还很快了解到,孩子母亲一点儿都不喜欢待在色默林,抱怨这里没有讨人喜欢的谈话伙伴。他问男孩,妈妈是否喜欢爸爸,从男孩对这个问题避而不答的躲闪神情中,他推断出他们夫妻间的关系不那么尽如人意。他几乎感到羞耻,轻而易举就引诱这个毫不猜疑的男孩说出了家里所有细小的秘密。埃德加对自己讲述的某些东西能够让一个成年人兴致勃勃完全引以为豪,并将他的信任倾注到这位新朋友身上。男爵在散步时将手臂搭在他的肩上,这让男孩幼小的心因为自豪而怦怦直跳——在大庭广众之下,他和一个成年人如此亲密无间——于是渐渐地,他忘记了自己的儿童身份,以为自己在和一个同龄人自由自在、无拘无束地谈天说地。从埃德加的谈吐中可以看出,他聪颖伶俐,和绝大多数体弱多病的孩子一样,因为喜欢和成人而不是和同学待在一起而有些早熟,并且对自己喜欢或敌视的事物,做出的反应出奇地强烈。他似乎不能心平气和地对待任何事,谈及任何人或物时,要么欢天喜地,要么满腔仇恨,那种仇恨强烈到脸部扭曲变形,几近凶狠和难看。也许是刚刚生过病的缘故,他的脾气有些暴躁无常,话里总带着火气,看来他的笨手笨脚只是为了煞费苦心地压抑自己面对内心激情时的恐惧。

男爵毫不费劲地赢得了他的信任。仅仅花了半个小时，就将一颗热烈的、不安跳动的心掌控在自己的手里。很少有人去讨孩子的欢心，所以欺骗这些天真无邪的孩子，简直易如反掌。他只需要回想一下自己的年少岁月，就会觉得孩子的话是多么自然大方、无拘无束，连男孩也将他完全视为同龄人，不消几分钟便没有了任何隔阂。男孩快乐得陶醉了，居然突然就在这个僻陋之地找到了一位朋友，而且又是这样的一位朋友！一时间，维也纳的那些小朋友全都被他忘记了，他们声音稚嫩，说些不着调的闲话，他们的形象被这崭新的一个小时冲洗得面目全非！他所有狂热的激情现在都只属于这个新的大朋友。现在当男爵告别时再一次邀请他第二天上午准时赴约，而这位新朋友此刻又远远地向他挥手示意，完全亲如兄长一样时，他自豪得心潮澎湃。这一分钟也许是他一生中最美好的一分钟。欺骗孩子太过简单了。男爵对着奔跑离开的男孩微笑着，他已经赢得了这个中间人。他知道，这个男孩现在一定会用各种各样的叙述把母亲折磨得精疲力竭，会重复他俩之间的每一句话——于是他愉快地回想起，他在说话时插入一些对她的恭维话是多么聪明，他总是只说埃德加那个"漂亮的妈妈"。他对此确定无疑的是，这个心直口快的男孩不把母亲和男爵介绍相识是不肯罢休的。他自己现在不用动一下手指头，就可以缩短他和这个漂亮陌生女人之间的距

073

离。他现在尽可以心安理得地做梦，欣赏眼前的美景，因为他知道，孩子热情的双手已经为他建起了抵达她内心的大桥。

三重唱

　　几小时后证实，他的计划精妙绝伦，直至细枝末节都堪称无懈可击。当年轻的男爵故意姗姗来迟地走进餐厅时，埃德加从沙发上一跃而起，面带幸福的微笑向他殷勤地打招呼，并对他挥手致意。 与此同时，他拉住母亲的袖子，一边匆忙而兴奋地说服她，一边用引人注目的手势指着男爵。她显得很拘束，脸色绯红，斥责他举止过激，却又忍不住朝男爵望去，以不违逆孩子的意愿，而男爵则连忙毕恭毕敬地鞠躬以示回应。就这样他们彼此相识了。她只好表示感谢，可之后就一直低着头，脸贴近盘子，整个就餐期间小心回避再往男爵那边张望。埃德加的表现则完全不同，他一刻不停地朝那边瞅，有一次甚至还想和那边的男爵说话，这种事是不允许发生的，当即遭到母亲一顿训斥。吃完饭，母亲示意他该去睡觉了，于是母子之间又窃窃私语了好半天，结果是他热切的请求得到允准，于是他走到另一张餐桌向他的朋友告辞。

　　男爵跟他说了几句亲切的话，那几句话使孩子的眼睛再次发光,男爵和他聊了几分钟。可忽然之间,男爵巧妙地话锋一转,马上站了起来,转身面对另一张桌子,恭喜这位显得有点迷惘的女邻居有个聪明伶俐的儿子,说很高兴昨天和他共度了一个美妙的上午。埃德加站在旁边,脸因为快乐和自豪涨得通红。男爵最后询问他的健康状况,问得非常详细,还提了很多细节性的问题。她没办法糊弄,只好一一回答。就这样,他们顺理成章地进行了一次更长的交谈。男孩为这样的对话感到高兴,并且怀着敬畏的心情仔细倾听。男爵做了自我介绍,并且相信他响当当的姓氏定然会给这个爱虚荣的女人留下某种印象。虽然她不失体面,甚至还向他提早告辞,抱歉地补充说是因为孩子的缘故,但至少对他格外彬彬有礼。

孩子提出了强烈抗议,说自己并不累,愿意整夜不睡。可母亲早已向男爵伸出手去,后者恭敬地吻了她的手告别。

这天晚上,埃德加睡得很差。满怀的喜悦和孩童的绝望交织在他的心头,因为今天,他的生命中发生了一些新鲜事。他第一次影响了成年人的命运。他在半梦半醒之间忘记了自己还是一个孩子,自以为倏地长大成人了。在此之前,他在寂寞中成长,经常生病,没有几个朋友,除了父母和家里的仆人——其实父母也很少关心他,他需要的温柔体贴其他人谁也没有给过他。对于爱的力量,假若仅仅依据它的起因,而不是依据在它之前发生的急切心情,不是依据充满失望、孤独而又幽黑的空间来评判,那么它必定会被误判,而那种急切心情总是在所有重大的心灵事件之前出现。一种过于沉重的情感,一种尚未滥用的情感在此等待着,此刻正在张开双臂迎向那似乎当之无愧的第一人。埃德加躺在黑暗中,心里既快乐又困惑。他本想笑出声来,却禁不住啜泣起来。因为他喜欢这个人,他之前从未喜欢过一个朋友,从未喜欢过父亲或母亲,也未曾喜欢过上帝。他童年时代所有不成熟的激情被这个人的形象紧紧抓住,而两小时之前他还不知道他的名字。

但他可是足够聪明的,并不因为突如其来的和与众不同的新友谊而兀自高兴。使他心情压抑的,是他感到自己毫无用处、毫无价值。"我,一个小毛孩,十二岁,还在上学,晚上必须当着众人的面被打发上床睡觉去,我究竟配得上他吗?"他苦恼地想道,"我能给他的什么?我能给他提供什么?"他感到自己无力以某种方式表达情感,恰恰因为这点,让他有点儿难过。平时,如果他喜欢上了一个伙伴,他首先要做的就是和他分享他书桌上的几件小宝贝,比如几枚邮票和几块石头,孩子童年时代的珍藏,可所有这些东西,在他昨天看来还有着崇高的意义和非凡的魅力,现在却觉得眨眼间失去了价值,成了毫无意义的东西,变成了可鄙之物。他怎么能给这位新朋友提供这类玩意儿呢，他甚至都不敢和他用亲昵的"你"相称。他表达情感的道路和机会在哪儿？他越来越感到作为一个小孩的苦恼，他只能算作半个人——不成熟的十二岁的孩子。他还从来没有如此强烈地诅咒自己的孩子身份。他多么热切地渴望自己一觉醒来变成另一个人呀，正如他梦想的那样：高大而强壮，一名男子汉，一个和其他人一样的成年人。

就在这惶恐不安的思绪之中，最初的五彩缤纷的梦想在这个成人新世界里很快编织完成。埃德加终于带着微笑入睡，可一想到明天的约定，他的睡眠又被破坏了。早上七点，他从梦中惊醒，担心自己睡过了头。他匆匆忙忙地穿上衣服，到母亲房间向她问好。母亲平时总要千辛万苦才能叫他起床，可今天她还没来得及提出更多的问题，他已经冲下了楼。他焦急地四处闲逛到九点钟，忘记了享用早餐，一心想着不能让相约一起出门散步的朋友等候太久。

九点半，男爵终于漫不经心、优哉游哉地出现了。他当然早就将约会的事忘得一干二净，可现在，因为男孩使劲扑到他面前，他不得不含笑应对孩子澎湃的热情，并表示乐意遵守自己的承诺。他又一次挽住男孩的胳膊，和这个喜形于色的孩子来来回回地踱步，只是委婉而坚决地拒绝现在和男孩一起出去散步。他似乎在等待什么，至少他的目光在暗示那种情况，因为他一直烦躁不安地盯着门口瞅着。蓦地,他身子挺直地对着那里瞧。埃德加的妈妈走了进来,和颜悦色地走到他们跟前,以响应他的致意。埃德加将散步的安排看得无比珍贵,一直瞒着母亲没有说。此刻,当她听说他们有此打算时,她赞许地嫣然一笑,立即决定接受男爵的邀请一起出去走走。

埃德加立刻变得怏怏不乐,咬紧了嘴唇。她偏偏这时候过来,真是令人讨厌!这次散步本该只属于他一个人。他虽说把他的朋友介绍给了母亲,那也只能算他的善意罢了,他可并不想因此和他人分享他的新朋友。当他注意到男爵对母亲很殷勤时,心里顿生妒意。

就这样他们便三个人一起散步。两个大人对他都表示了特别的关心,这种突如其来的重要性和作用增强了孩子心里那种危险的感情,自以为了不起,觉得自己举足轻重。埃德加几乎成了他们聊天的中心话题:母亲有点假惺惺地担心他的脸色苍白和神经焦虑,而男爵则是微笑着表示不赞同,一个劲地赞美他这位"朋友"可爱的一面。他称呼埃德加为自己的朋友。这是埃德加最愉快的时刻。他一下子获得了整个童年时代从来不曾享受过的权利。他可以参与他们的谈话,而不会马上受到"住嘴"的斥责,甚至可以表达自己种种鲁莽的愿望,而之前他一定会招致臭骂一通的下场。于是,自以为已经成年的想法越来越自信地在他身上蔓延生长，在他甜美的憧憬里，童年就像一件早已被他丢弃的衣服那样离他远去。

男爵发现埃德加的母亲越来越讨人喜欢了。中午，他应邀和他们共进午餐。从原来面对面到肩并肩，从相识到成为朋友，三重唱正在进行，女人、男人和男孩组成的三声部发出和弦音。

进攻

焦躁不安的猎人觉得，现在是悄悄接近猎物的时候了。在这件事上，他可不喜欢这种家庭式的关系，这种三和弦。三个人在一起闲聊确实是一件赏心悦目的事，但闲聊毕竟不是他的目的。而且他知道，男女之间相聚时戴着假面具掩饰自己的欲望，只会减弱欢愉的色彩，使语言失去激情，使进攻失去火力。对这样的聊天，他自然不会让她忘记他的真实意图，他也确信她早已对他的想法心知肚明。他自信不会在这个女人身上白花工夫。她正处于那种关键性的年龄，女人到这个年龄开始后悔对一个实际上从未爱过的丈夫保持忠诚，容颜的渐趋凋零也使得她不得不马上在母亲和女人之间做最后一次选择。人生，似乎早就有了答案，而在这一瞬间却又一次成为问题，意志的磁针最后一次在欲望和听天由命之间摇摆不定。一个女人就要做出危险的决定：是为自己的命运而活，还是为孩子的命运而活；是成为女人，还是成为母亲。男爵对这些事洞若观火、明察秋毫，早已在她身上注意到了这种致命的摇摆不定。她在交谈时经常忘记提及自己的夫君，实际上对孩子的内心也了解甚少。有一种百无聊赖的影子，披着多愁善感的面纱，藏在她杏仁状的眼眸里，却只是毫无自信地掩饰着她的情欲罢了。男爵决定迅速挺进，但又要避免过于急躁。恰恰相反，正如垂钓者引诱性地抽回钓钩一样，他想以表面上的无所谓态度应对这种新友谊，让对方来追求他，虽然事实上是他在追求对方。他决定装作傲慢自大的样子，极力渲染他们之间社会阶层的差异，而这一想法又刺激他只需凭借强调他的高傲、凭借他的外表、凭借一个听起来高贵的姓氏以及冷漠的态度，就可以赢得这个丰腴而美丽可人的身体。

这种充满刺激的游戏令他激动不安，也因此强迫他克制行事。下午他留在房间里，愉快地意识到，自己正在被人寻找、被人惦记。他的缺席并没有引起她的过多关注，虽然他不露面是做给她看的，但对可怜的孩子却成了折磨。整个下午，埃德加感到无比的茫然无助、没着没落。他就这样以一个男孩特有的坚持不懈、赤胆忠诚，长达数小时之久痴情等待着他的朋友。离开一会儿或者独自一人做点儿什么事，他都觉得像在犯罪。

他徒然地在走廊里游来荡去，天愈晚，他的内心愈是被不幸笼罩着。在他忐忑不安的胡思乱想中，他以为男爵出事了或者自己无意之中冒犯了男爵，差点因为焦急和恐惧而哭起来。

当天晚上，男爵一走进餐厅，立即受到了隆重的迎接。埃德加迎面向他奔去，甩着瘦弱的小胳膊冲进他的怀里，根本不在意母亲劝阻的呼喊和其他人诧异的神色。"您在哪里？您去哪儿了？"他急急忙忙地嚷道，"我们到处找您。"母亲不高兴自己被无端地牵涉进去，脸红了起来，相当严厉地说道："听话，埃德加，坐下！"埃德加顺从地坐了下来，但仍然继续对男爵问这问那。"你可别忘了，男爵先生可以做他自己愿意做的事。也许我们的聚会让他感到无聊呢。"母亲这次索性把自己扯了进去。男爵立即愉快地感觉到，这样的指责实际是在争取博得他的赞美。

他身上的猎人本性骤然觉醒。他既陶醉又激动，自己能够如此迅疾地找到猎物的足迹，并且发现猎物就近在他的枪口前。他两眼炯炯有神，热血沸腾，说起话来滔滔不绝，口若悬河，连他自己都搞不清究竟是怎么回事，就正如有些演员，一旦发觉可以将听众、将一大群人完全吸引到自己面前时，就会变得热情似火。一个天生情欲旺盛的人只要知道女人们喜欢他，他就会表现得倍加出众。他在朋友那里向来被认为是一名煽情高手，善于把肉欲方面的故事场景说得绘声绘色,而今天,因为其间他喝了几杯香槟——那酒是他为了对这次结成的新友谊表示敬意而点的——他淋漓尽致的发挥又胜过以往任何时候。他谈起自己在印度的打猎经历,当时作为高贵的英国贵族朋友的宾客参加了那次狩猎活动,他选取的这个话题很聪明,因为它很中性,而从另一方面他又感觉到,所有充满异国情调的以及无法企及的故事都可以让这个女人兴奋不已。可他首先迷倒的人却是埃德加。埃德加兴奋得两眼放光,忘记了吃忘记了喝,目不转睛地盯着男爵侃侃而谈。能亲眼看到一个亲历过那些神秘事物的人,他真的从没有指望过,他只在书本上读到过那些事情,什么猎虎活动啦,棕色皮肤的人啦,印度教徒啦,被誉为世界主宰的印度教守护之神啦,以及可怕的神车啦,成百上千人为了得到永生甘愿死于它的轮下。迄今为止,他从未想过竟然真有这样的人,他也不相信真有那些童话国度,而在这一瞬间,他的心里第一次出现了一个庞大无比的世界。他的眼神无法从朋友那里移开,他屏住呼吸凝视着他面前那双曾经杀死过一只老虎的手。他刚想大着胆子问点什么问题,可他的声音听上去却紧张得不听使唤了。那些故事使他展开了飞驰的想象力,并为他变幻出一幅多姿多彩的图画:他看到这位朋友高高地骑在一头披着紫色象服的大象上,在他左右两边,那些棕色皮肤的人戴着珍贵的头巾,之后那只老虎霍然出现,它龇牙咧嘴地从热带丛林里跳出来,用前爪猛击大象鼻子。现在,男爵开始讲起更为有趣的故事,谈到如何巧妙地捕获大象,那就是用驯养过的大动物将未驯养过的自负的小动物引诱至棚屋里。孩子听得出神,眼里喷出火光。就在这时,仿佛有一把明晃晃的大刀落在他面前,埃德加妈妈看了看手表,猝然说道:"九点了!该去睡觉了!"

埃德加吓得脸色煞白。对所有孩子来说,"上床睡觉去"真是一句可怕的咒语,因为这显然是他们在成人面前感到最耻辱的事,这是一种承认,是承认自己还小,还未成年,还需要睡眠。可是,在这么兴趣盎然的时刻,这种丢脸是多么可怕,因为她要让他错过这些闻所未闻的故事了。

"只是还有这一个故事,妈妈,大象的故事,就请让我听完吧!"

他本想祈求,可很快想到自己已经成年了,有了新的尊严。他只是想再做一次尝试。可母亲今天异常严厉。"不,已经很晚了。现在就上去吧!听话,埃德加。我会把男爵先生讲的所有故事一字不落地再讲给你听。"

埃德加犹豫不决起来。母亲平时总是陪他睡觉,可他不想在这位朋友面前祈求。他孩子气的骄傲至少还想用自愿离开的假象掩盖这个可悲的结局。

"那可一定，妈妈，你要把所有的一切都讲给我听！大象的故事，以及所有其他的故事！"

"好的，我的孩子。"

"而且马上！今天就讲！"

"好的，好的，不过你这就去睡觉吧。去吧！"

埃德加很佩服自己，竟然还能和男爵与母亲握手，脸都没有变红，尽管他喉咙哽咽，快要哭出来了。男爵和蔼可亲地摸摸他的头发，孩子紧绷的脸上勉强露出一丝微笑。可是随后，他不得不快步走到门口，否则他们恐怕就会看到豆大的眼泪从他的脸颊上流淌下来。

大象

母亲和男爵还在桌旁待了片刻，但他们不再谈论大象和打猎。孩子离开之后，他们的谈话稍显沉闷，也有种骚动的忐忑不安的尴尬。最后，他们来到了大堂，坐在一个角落里。男爵表现得比以往任何时候都要神采飞扬，而她也因为喝了几杯香槟而被撩拨得兴致勃勃，因此他们的聊天很快沾上了危险的色彩。男爵其实说不上英俊，只是很年轻，因为长着一张深褐色的精力充沛的娃娃脸，再加上留着一头短发，因而显得很有男人味，那些活泼的几乎无礼的动作反而使她心醉神迷。她现在很喜欢从近处看他，也不再惧怕他的目光。可渐渐地，他的谈话里悄悄隐藏了放肆，使她心慌意乱，就像他抓住了她的身体，来回触摸，又突然放手，有一种难以捉摸的欲望，使得她热血沸腾，双颊绯红。可之后他又轻松地笑了一下，无拘无束，像个孩子似的，而这又给了她一种假象，好像所有这些小小的欲望只是孩子似的玩笑。有时候，她觉得似乎必须粗暴地反驳他一句，可她天性喜欢卖弄风情，在这些无伤大雅的挑逗的语言刺激下，反而期待更为刺激的动作。她被这种挑逗的游戏搅得心醉神迷，到最后甚至开始效仿他。她对他暗送秋波，芳心相许，沉湎于自己轻浮的言语和轻佻的动作中，甚至容许他的靠近，容许他的声音的亲近，她偶尔还能感觉到他温柔而颤动的气息传至她的肩膀上。和所有的游戏者一样，他们忘记了时间的流逝，完完全全迷失在紧张销魂的谈话中，直至午夜时分，大堂灯光变暗，她才如梦初醒。

　　她大吃一惊，猛然跳起来，突然觉得自己玩得有点过头了。这种玩火她并不陌生，但现在她敏锐的本能发觉，这次玩火有点儿近乎认真了。她惊恐地发现她不再完全能把控自己。她心里有什么东西掠过，她看到所有的一切是那么亢奋，就像一个人发着高烧感受那些东西一样。恐惧、美酒和热情的谈话交织在一起，在她的脑海里跌宕起伏，一种荒谬可笑的平白无故的恐惧向她袭来。她一生中多次遇到过类似的危险时刻，亲历过好几次这样的恐惧，但从没有哪次让她如此眩晕过，如此猛烈过。

"晚安，晚安。明天早上见！"她匆忙道别，准备逃离。不是要逃离他，更多的是要逃离这一时刻的危险，逃离她内心刚萌生的异样的不安全感。可是男爵用稍带温柔的力量握住女人递过来的告别的手，吻了它，不仅仅是礼节性地吻一次，而是连吻了四五次，颤抖着，从她纤细的指尖直至她的手腕。她的身体有点儿发抖，手背碰到他不修边幅的胡子，又让她有点儿痒痒的。一种温暖的而又令人心悸的感觉顺着血脉一直流遍她的全身，恐惧也一直疯狂地往上涌去，咄咄逼人地敲打她的太阳穴，使得她的头脑发热，恐惧，这毫无缘由的恐惧让她全身抽搐。她迅速把手从他手里挣脱开。

"您就再待上一会儿吧。"男爵轻声说道。可她早已心急慌忙地逃跑了。她的心急慌忙中带着迟钝，这使她的恐惧和迷惘暴露无遗。现在她心里很乱，那正是男爵希望的。她感觉自己的情感变得越来越难以解释。无情的燃烧的恐惧追赶着她，她害怕背后的男人跟上来，一把抓住她，可与此同时，在她逃脱的瞬间，她对他并没有跟上来又觉得遗憾。多年来，她无意识地渴望的事情，完全有可能在这样的时刻发生，她如痴如醉地热爱这种艳遇贴近的气息。在此之前,她总在最后一刻摆脱,这种伟大而又危险的艳遇,匆匆发生匆匆而过,却格外撩人心魄。可是,男爵太骄傲了,不想追上女人,利用这个有利时机。他对自己信心十足,根本不愿意在女人头脑发热、醉态朦胧的瞬间像强盗似的夺走她。相反,唯有神志完全清醒时的反抗和委身才能刺激到这个光明磊落的赌徒。反正她逃不出他的手心。他能感觉到,灼热的毒药已经侵入她的血管。

上了楼梯,她停住脚步,手压住突突直跳的心口。她不得不休息片刻。她的神经支持不住了。一声叹息从她的胸间发出,半是因为摆脱了危险而放下心来,半是因为遗憾。这一切弄得她心神荡漾,现在仍觉得有点头晕目眩。她像喝醉了酒似的,半睁着双眼,摸索着走到房门口,抓到冰冷的门把手时彻底松了口气。现在她安全了!

她轻轻地拐进门到了房间,可紧接着又吓得直往后退。房间里有什么东西在动弹,在黑魆魆的房间深处。她受到惊吓的神经抽搐不停,正想呼救时,房间里传来很轻的声音,那完全是睡眼惺忪的声音:"是你吗,妈妈?"

"我的天哪,你在这里干什么?"她冲向埃德加蜷缩身子躺着的长沙发。他刚从睡梦中醒来,吃力地站起来。她脑海里浮现的第一个念头就是,这孩子一定是病了,或者需要帮助。

可是埃德加,睡意蒙眬地带着责备的口气说道:"我等了你好久,后来不知不觉睡着了。"

"为什么等我?"

"因为大象。"

"什么大象?"

她恍然大悟。她答应过孩子,今天把所有的故事讲给他听,关于打猎和冒险的故事。孩子因此才悄悄溜进她的房间,这个单纯幼稚的男孩,在满怀信任中期待她的归来,可不小心睡过去了。孩子与众不同的执着使她很气愤。或者她是对自己生气,心底有声音在轻声斥责她的过错和羞耻,她想用自己的喊声压过这个声音。"马上上床去,你这个不听话的小子!"她冲他吼道。埃德加很是惊讶,为什么她要对他发这么大火?他没做错什么呀!可他表现出的茫然惊愕让原本就十分激动的母亲更加生气。"赶紧回你自己的房间去。"她愤怒地嚷道,却感觉到自己冤枉他了。埃德加默不作声地走了。他本来就已疲惫不堪了,只是从蒙眬的睡意中隐约发觉,母亲没有遵守诺言,不知怎么回事有人跟他作对。可他没有违抗。他疲惫得麻木了。后来他感到十分恼火,竟然在楼上睡着了,没有醒着等母亲回来。"还像个小孩似的。"他气愤地自言自语,然后又一次沉入梦乡。因为从昨天开始,他已经讨厌自己还是个孩子了。

交火

男爵昨晚没睡好。一场好端端的艳遇中断之后去睡觉总是很危险。这一夜他睡得很不安稳,一直被淫秽的梦境困扰,醒来之后就后悔自己没有紧抓住最后一刻的机会。早晨,他从楼上下来,脸上带着睡意,心里带着郁闷,男孩神不知鬼不觉地从一个躲藏的地方奔到他跟前,兴冲冲地抱住他,进而提出一长串问题折磨他。他很高兴重新有一会儿工夫可以独占这个大朋友,而不必和母亲分享。他不断地纠缠男爵,认为男爵只该和他而不是和他母亲讲那些故事,因为尽管母亲答应讲给他听,可实际上她并没有再和他提起所有那些不可思议的故事。男孩将各种各样幼稚可笑、令人讨厌的问题一股脑儿地抛给这个人。男爵刚刚从令人不快的梦中惊醒,只能尽量掩饰自己的坏心情。男孩一面问些幼稚的问题,一面表达对男爵的狂热爱慕,他从大清早一直到现在,寻找了他这个朋友多时,现在终于又可以和他单独在一起了,简直太幸福了。

男爵不客气地敷衍着。孩子没完没了的暗中守候,傻里傻气的问题,以及不受欢迎的热情,都让他感到无聊透顶。他感到厌倦的是,如今要日复一日地和一个十二岁的孩子厮混在一起,要和他胡吹乱侃一通。他现在要的是趁热打铁,只要把他母亲搞到手，而孩子碍手碍脚的出现恰恰成了令人头痛的问题。孩子的痴情是他不小心引发的，现在他开始感到不快，也开始感到郁闷，因为他暂时看不到任何可能性可以摆脱这个过分亲热的朋友。

无论如何，他得尝试一下。十点钟是他和孩子母亲约定出去散步的时间，在此之前，他尽可以心不在焉地让孩子的废话唠叨个没完，还可以时不时地插上几句话敷衍他一下，免得伤了他的心，与此同时也可以翻阅一下报纸。等当指针快成直角的时候，他像是猛然想起什么似的，请埃德加替他到另外一家旅馆去一趟，只需要一点点的时间，问一下他的表兄弟格隆特海姆伯爵是否到达旅馆。

孩子浑然不觉，为自己的信使身份感到自豪，为终于能为朋友效劳感到幸福。他立即飞奔出去，而跑出去的速度之快，引得众人惊讶地回望，但他看重的是有人托他带口信，表明他有多么值得信赖。那家旅馆的人告诉他，伯爵还没有到，也没有他预订房间的信息。他带着消息又一次飞奔回去，可在大堂里没有找到男爵。他敲了敲他的房门——没人！他心急如焚地跑遍了所有的地方，包括音乐室和咖啡馆也去了，还激动地冲到母亲那里，想从她那里打听情况，可是她也不见了踪影。最后，他绝望地去问门卫，让他感到惊讶的是，门卫告诉他，他们两个人几分钟前一起出去了!

埃德加耐心地等着。因为他的善良,他并没有往坏的方面想。他们可能只是想离开一会儿,他对此是有把握的,因为男爵还在等他的消息。可是随着时间的默默流逝,惶恐不安悄然向他走来。自从那天这个具有诱惑力的陌生人走进他天真无邪的生活开始,这个孩子就整天处在紧张、忙乱和迷糊之中。每一次激情留下的痕迹,就像压在软蜡上一样压在孩子纤细的肌体上。他的眼皮再度神经质地颤动起来,脸色看起来更苍白了。埃德加一直等着,起先很有耐心,然后非常激动,最后快要哭出来了。可他依然没有怀疑,由于盲目相信这个出色的朋友,他估计他们之间出现了误会,神秘的恐惧在折磨他,或许是他理解错了男爵委托给他的任务。

他们终于回来了,两个人谈笑风生,兴致勃勃,没有流露出任何惊讶的神情,可真是奇怪呀。他们似乎完全没有特别想他。"我们去接你了,本来希望能在半路上遇见你,埃迪(埃德加的昵称)。"男爵说,却对派发给他的任务只字不提。可当孩子惊慌失措地保证说,可能是他们没找到他,而他只是沿着笔直的大街一直跑到高架路上,并且想要知道他们选择了哪个方向时,母亲立刻打断了他的话:"行了,行了,小孩子别太啰唆了。"

埃德加气得脸都红了。她卑鄙无耻地企图在他朋友面前贬低他，这已是第二次了。她为什么要这么做？他明明不再是孩子——他对此深信不疑——为什么她总想把他当孩子看？她显然是羡慕他有这么一个朋友，并且挖空心思想把他争取到自己身边。不错，肯定是她故意将男爵引到错误的道路上去了。可是她应该明白，他是不会甘愿受她欺侮的。他决定违逆她。因此，埃德加打定主意，今天吃饭时不和她讲一句话，只和他的朋友一个人说话。

但接下来发生的事情有些残酷，他怎么也没料到会是这样的局面：他们根本没有注意到他的反抗。他昨天还是他们谈话的中心人物，可现在似乎根本没有人看到他！他们谈话时根本不理他，彼此开着玩笑，朗声大笑，仿佛他已经钻到了桌子底下。一股热血涌上他的面颊，喉咙口像被什么东西堵住了，让他喘不过气来。随着愤怒的加剧，他意识到自己可怕的无能为力。他只能平静地坐在这里，看着母亲从他手里夺走自己的朋友，夺走他唯一喜欢的人。难道除了沉默，就别无他法？他感觉自己必须站起来，用双拳突然猛敲桌子，只是为了让他们注意到他，可他还是忍住了，仅仅放下刀叉，不再碰一口饭菜。可就是这种固执的不吃不喝，他们也好长时间没有发觉，只是到了最后一道菜上来，母亲才注意到儿子的异样，问他是否身体不舒服。

"真讨厌，"他想，"她从来只想到我生病这一件事，其他一切在她看来都无关紧要。"他仅仅回答说不想吃东西了,她也就满意了。没有任何事情,根本没有任何事情促使他们关注他。男爵似乎已经忘记了他,没有和他说上哪怕一句话。越来越多的热泪涌入他的眼眶,他不得不使用幼稚的伎俩,迅速抓起餐巾,免得让人看到该死而幼稚的眼泪滚落到他的脸颊上,把他的嘴唇弄得又湿又咸。终于等到吃完饭,他才放松地舒了口气。

用餐的时候,他母亲提议大家一起坐车到玛丽亚-舒茨圣地看看。听到母亲这么说,埃德加气得咬牙切齿。也就是说,她不想再让他和他的朋友单独待上一分钟时间。可他的仇恨真正疯狂地爆发是在母亲站起身说话之后,因为她说:"埃德加,你会把学校里的功课全都忘记的,你应该待在房间里给自己补补课!"他又一次攥紧自己的小拳头。她总是想在他的朋友面前贬低他,总是当众提醒他,他还是个孩子,必须上学去,只有得到大人允许才能和他们待在一起。可这一次,这种意图实在太明显不过了。他根本没有作答,只是断然将身子转过去。

"哎哟,又受委屈了呀。"她微笑道,然后对男爵说,"让他去学习一小时功课真的就那么过分吗?"

那个自称是他的朋友,曾经嘲笑他是书生的人,这时却附和道:"哦,学习一两个小时真的没有什么害处呀。"孩子不禁感到心寒,一下愣住了。

这是他们达成的默契吗？他们俩真的要联合起来对付他吗？满腔怒火在孩子的目光中燃烧。"我爸爸不让我在这里学习功课，爸爸希望我在这里养好身体。"他马上甩出这句话来，为自己的疾病感到非常自豪，绝望地紧抱住父亲的话，死抓住他的权威不放。他激动地说出这句话，当作是一种威胁一样。而最最奇怪的是，这句话看来真的引起了这两个人的不快。母亲掉转目光，只是烦躁地用手指敲击桌子。一阵尴尬的沉默已经横在他们中间。"随你的便，埃迪，"男爵最后勉强挤出微笑说道，"我又不用考试，我以前功课门门不及格。"

可对他的玩笑话，埃德加并没有笑，只是用一道审视的目光注视他，仿佛要看透他的灵魂。究竟怎么了？他们之间发生了一些变化，而孩子却不明就里。孩子的眼睛不安地转来转去，心里有一把小锤子在急迫地敲击：第一次猜疑，开始生根发芽。

火烧火燎的秘密

"他们怎么会变成这样？"马车在行驶，孩子坐在他们对面沉思。"为什么他们不再像从前那样对我？为什么我每次看妈妈，她总是回避我的目光？为什么他总是想在我面前讲笑话、假装小丑？他们俩不再像前两天那样跟我说话，他们俩像完全换了个人似的。妈妈今天的嘴唇红艳艳的，肯定涂过口红了，我从来没见过她这种打扮。而他总是皱着眉头，像是受了委屈。我难道做错了什么事，说了什么惹他们生气的话？没有，我不可能是起因，因为他们彼此之间的态度也变得和从前不一样了。他们这种样子好像自己做了什么说不出口的事。他们不再像昨天那样闲聊，也不再谈笑风生，显得很拘束，一定是隐瞒了什么。他们之间一定有什么秘密不想让我知道。我要不惜一切代价把它弄个水落石出。我知道有种秘密，他们总是关起门来不想让我看到，想必它和小说里写的、和歌剧里演的是一样的，男男女女们张开双臂搂住对方然后再彼此分开的秘密。从某个方面看，它一定跟我的法语女老师的秘密一样，她和爸爸没相处好，后来被打发走了。我能感觉到所有这些东西都互相关联，只是不知道那是怎样的互相关联。哦，假若能知道这个秘密，最终知道这个秘密，抓住它，抓住这把打开所有大门的钥匙，自己不再是什么事情都被大人藏着掖着的孩子，不再被搪塞糊弄，也不再受骗上当，那该多好！机不可失，时不再来！我要从他们手里揭开这一秘密，这一可怕的秘密。"一道皱纹刻在他的额头上，这个瘦弱的十二岁的孩子看上去几乎像个小老头。马车外面，绚丽多姿的风景向四周伸展，高山被满眼纯净青翠的针叶林环绕着，山谷依然笼罩在晚春柔和的光芒中，但他只顾冥思苦想，全然不看一眼。他只是始终注视着马车后座上和他面对面坐着的那两个人，仿佛用他热切的目光可以像鱼钩似的把秘密从他们闪烁的眼睛最深处钓出来。没有任何东西比狂热的猜疑更能使一个人变得聪明，也没有任何东西比寻找遁入黑暗中的蛛丝马迹更能使尚未成熟的心智变得成熟。有时候确实只是一道薄薄的门，将孩子和我们所谓的这个真正的世界分隔开，而微风轻轻一吹，他们之间的这道门就被打开了。

埃德加一下感觉到，自己从来没有像今天这样如此接近这个莫名的秘密，这个巨大的秘密近得触手可及，他快要触摸到它了，尽管仍然无法猜透，无法解开谜团，但已经很近，非常之近了。这让他很激动，并且使他像突然置身隆重的节日中那样变得庄严肃穆起来。因为他本能地预感到他正处在孩童时代的边缘。

对面的两个人感觉到有一股沉闷的阻力，却完全没有料到这个阻力居然来自孩子。他们感到三个人一起坐在车里拥挤不堪，束手束脚。他们对面那两只眼睛忽明忽暗的幽光妨碍到他们了。他们简直不敢说话，简直不敢直视。他们现在再也无法回到从前那种轻松愉快的谈话了。他们习惯了之前亲密热烈、轻佻冒险的语调，在那些言词的鼓舞下，彼此间似乎有种偷偷抚摸的快感，这种战栗感使他们欲罢不能。在这种情况下，他们的谈话总是遇到停顿和说不下去的时候。谈话一再停止，又一再想继续，可一再被孩子顽固的沉默绊住腿脚。

尤其对母亲而言，他气呼呼的沉默成了负担。她小心翼翼地从侧面注视他，忽然第一次发现，孩子抿住嘴唇的样子和丈夫被激怒或是恼火时的样子很像，她一下子被惊吓住了。在玩艳遇的时候想到丈夫，这让她很不是滋味。在她看来，孩子就是一个幽灵，是良心的看守者，在这个狭小的马车里，在她对面十英寸的地方，孩子的眼睛在悄悄打量着，在苍白的额头下偷偷窥视着，让她倍觉难以忍受。这时，埃德加猛地抬头望了一眼，只是一秒钟时间。母子两人立即垂下目光，都发觉自己被暗中监视了，这在他们的人生中还是第一次。在此之前，他们相互信任，亲密无间，可现在，某些东西在他们之间，在她和他之间陡然变了味。他们一生中第一次开始打量对方，他们两个人的命运开始彼此分离，双方各自悄悄地怀着仇恨，而这种仇恨只是因为刚刚萌生不久，双方不敢承认罢了。

马车重新停在旅馆门前时，三个人全都松了口气。那是一次失败的出行，大家全都感觉到了，可谁也不敢说出来。埃德加第一个从车里跳下来。母亲推说头疼，表示很抱歉，急匆匆上楼去了。她很累，想独自一个人待着。埃德加和男爵还留在原地。男爵付了车资，看了看表，并没有理会男孩，径自迈开方步向大堂走去。他从男孩身旁走过时留下一个漂亮苗条的后背，这个轻快的富有韵律的摇篮曲步伐曾经使这个孩子多么着迷,孩子昨天还偷偷对着镜子模仿这个步伐。他走过去了,径直走过去了。他显然忘记了男孩,让他站在车夫旁边,站在马匹旁边,仿佛和他毫不相关似的。

埃德加看到男爵从他身旁走过时,心里像有什么东西被撕碎了,不管怎样,他还一直那么崇拜他。男爵就这样从他身旁走过,没有碰一下他的外套,没有和他说上一句话,他的内心深感绝望,他可没觉得自己做错了什么事。他好不容易保持的镇静顷刻间崩溃了,人为添加在他身上的尊严的重担从他太过狭窄的肩膀上滑落,他又变成了一个孩子,像昨天和从前一样变得渺小而卑微。这使他违背意愿地继续垮下去。埃德加迈着急速而颤抖的步伐跟在男爵身后,挡住他走上楼梯的路,强掩住眼泪,压低声音说道:

"我哪里惹您了,您为什么不理我了?为什么您现在总是像对待一个陌生人那样对待我?为什么我妈妈也是这样?您为什么老是打发我走开?难道我让您讨厌了吗,还是我惹您什么了?"

男爵愣住了。孩子的声音里有什么东西使他心慌意乱,让他的心软下来。他突然怜悯起这个无辜的孩子来。"埃迪,你真是个傻瓜!我只是今天心情不好。你是一个可爱的孩子,我真的很喜欢你。"说完,他有力地摸了摸他的一头浓发,可还是暗暗地回避那张脸,不想看到孩子那双湿润而恳求的大眼睛。他演的那出喜剧让他感到难堪。他实在感到羞耻,竟然如此放肆地玩弄孩子的感情,孩子微弱的、因为偷偷抽噎而颤抖的声音使他感到痛苦。

"你快上楼去吧,埃迪,今天晚上我们又可以和好如初,你就瞧着吧。"他安慰他。

"可您不要让妈妈早早打发我到楼上去,好吗?"

"好,好,埃迪,我不会。"男爵微笑着,"你就上去吧,我得为今天的晚餐换下衣服。"

埃德加走了,为即将来临的时刻感到高兴。可没过多久,他心里的小锤子又敲打起来。从昨天到现在,他好像一下子长大了好几岁,猜疑这位不速之客,此刻已经牢牢地驻扎在孩子的心里。

他在等待。考验的关键时刻真的就要来了。他们坐在一起用餐。尽管已经九点,但母亲并没有打发他去上床睡觉。孩子已经变得心神不定了。她平时那么准时,为什么偏偏今天让他在这里待上那么久?难道男爵向她透露了他的心思和他们之间的谈话了吗?他突然感到无以名状的后悔,后悔今天千不该万不该追到他跟前跟他掏心掏肺。到了十点,母亲蓦然站起身,

099

向男爵告辞。奇怪的是，他也似乎绝没有因为他们提早离开而感到惊奇，也没有像以往那样试图多挽留她一会儿。那把锤子在孩子的心里敲击得愈加猛烈了。

残酷的考验时刻终于到了。他也装作毫无预感的样子，不声不响地跟着母亲走到门口。可到了门口，他冷不防瞟了一眼。是真的，他在这一刻捕捉到了一个微笑的眼神，这个眼神越过他的头顶，由母亲传给男爵，那是一种心照不宣的眼神，含有某种秘密的眼神。也就是说，男爵已经出卖了他。他们因此才早早地离开，他们想今天把他彻底稳住，以便他明天不再碍手碍脚。

"流氓。"他喃喃自语道。

"你说什么？"母亲问。

"没什么。"他从牙缝里进出这几个字来。他现在也有了自己的秘密。它的名字叫仇恨，对他们两人无穷无尽的仇恨。

沉默

埃德加不再焦躁不安。他的心境变得纯粹而明确：仇恨和公开的敌意。现在，他肯定，是他给他们造成了麻烦，因此和他们在一起，对他来说就变成了难以言说的快感。他在脑海里愉快地想象着如何给他们制造阻碍，如何竭尽全力地敌视他们，如何痛击他们。他决定首先不给男爵好脸色看。早上，男爵下楼，走过他身边，用"你好，埃德加"向他热情问候，埃德加当时干坐在靠背椅上，眼睛都没抬一下，只是嘟囔着生硬地回了一声"早"。

"妈妈已经下楼了吗？"男爵问。

埃德加眼睛仍然盯着报纸："不知道。"

男爵一下愣住了。这又是怎么啦？"昨晚没睡好吗，埃迪，是不是？"他以为像往常一样，开个玩笑就该没事了。可埃德加只是又一次轻蔑地对他说了声"不"，重新埋头看起报纸来。"真是傻孩子。"男爵喃喃自语，耸了耸肩走了。双方之间的敌意已经公开。

埃德加对母亲的态度也是既冷淡，又显得礼貌有加。她本想打发他到网球场去，这个拙劣的伎俩被他心平气和地回绝了。他那种从嘴角勉强展开然后由于愤怒又稍稍噘嘴的微笑，表明他不会再受骗上当了。"妈妈，我宁愿和你们一起出去散步。"他盯着她的眼睛，假装和气地说。这个回答显然不合她的心意。她犹豫不决，似乎在寻找什么。"你在这里等我。"她最后斩钉截铁地说，径自去用早餐。

埃德加等着。但是他的猜疑更为强烈。他骚动不安的直觉此刻从他们说的每一句话里都能听出神秘而怀有敌意的意图。现在猜疑心让他拥有了明察秋毫、洞悉一切的判断力。埃德加并没有按照她说的在大堂里等，而是站到了大街上，在那里不仅能监控到大门出口，还可以监控到所有的侧门。他已经嗅到了欺骗的气味，但他们休想再从他身边溜走。正如他在印第安人故事里学到的那样，他躲在大街旁的一堆柴草后面。大约半小时后，果然看到母亲从一道侧门里走了出来，手里捧着一束漂亮的玫瑰花，后面跟着男爵这个叛变者，埃德加得意地笑了。

两人看起来似乎忘乎所以了。他们是因为最终摆脱了他，可以独享他们的秘密而松了口气吗？他们一边说话一边纵声大笑，准备往下面的林间小路走去。

现在，和他们狭路相逢的时刻终于来临了。埃德加悠然自得地从那堆柴草后面走出来，装作和他们巧遇的样子。他无比镇定地跑到他们跟前，故意拖延很长很长的时间，好从他们的惊讶中美美地享受一下自己的快乐。

那两人大为错愕，彼此交换了一下诧异的目光。孩子向他们走近，动作缓慢，假装很自然，可他脸上表露出来的幸灾乐祸的目光却没有离开他们的视线。"哦，你在这里，埃迪，我们在旅馆里找你半天了。"母亲终于说道。"她竟然撒谎，真无耻。"孩子想，可还是吃力地抿住嘴唇，把仇恨的秘密藏在心里。

他们三个人犹疑不决地站着,各怀心思。"那我们走吧。"心情恼怒的女人无可奈何地说,将一朵美丽的玫瑰撕成碎片。她的鼻翼轻微地翕动了一下,这一点暴露出她此时正怒气冲冲。埃德加站住不动,仿佛这和他毫不相关,依然漫无目的地四处张望,直等他们迈步,他才准备尾随在他们身后。男爵还想做一番努力。"今天有网球比赛,你看过没有?"埃德加只是轻蔑地瞥了他一眼,根本就不回答他的问题,歪扭着嘴唇,好像要吹口哨似的。这就是他的回应。他的仇恨已经武装到闪闪发光的牙齿了。

现在,他这个不速之客的出现,就像是一场噩梦,压得他俩喘不过气来。看守者攥紧拳头悄悄地跟在囚徒后面。其实孩子并没有做什么,可看到他窥探的目光和愁眉苦脸的怨气,他们越来越觉得难以忍受。因为强忍着眼泪,他的目光潮乎乎的,他忧郁的神色使他们放弃了和他亲近的所有努力。

"你走到前面去。"母亲突然愤怒地说道,他一直在偷听他们说话,让她感到烦躁不安,"别老在我脚边走来走去,真让我受不了!"埃德加听从了她的劝告,可总是在走了几步之后回过头来,如果他们落在后面,他就站在原地等着,就像黑色狮子狗围绕着浮士德博士转一样,他的眼神总是围绕着他们转,全心全意编织起一张疯狂仇恨的网,他们感觉自己被俘虏在网里了,无法挣脱。

埃德加恶意的沉默像强酸一样侵蚀了他们的好心情，他们尽管话到嘴边，但一看到他的目光，马上失去了谈话的兴致。男爵不敢再说一句爱慕的话，他恼火地发觉这个女人又从他手里溜走了，因为害怕这个讨厌可憎的孩子，她好不容易被点燃的激情现在也冷却了。他们试图重新开始闲聊，却一再被迫中断。最后，他们三人默默无言、无精打采地走在路上，只听到林间簌簌作响，只听到他们懊丧的脚步声。埃德加活活扼杀了他们的谈话。

此刻，敌意在三个人心中被激化了。这个被抛弃的孩子欣喜若狂地发现，他们虽然满腔怒火，却对他这个被忽略的孩子无计可施，于是他在满怀恶意的心神不定中等待他们突然发作。他冷嘲热讽地眨眼睛，时不时地朝男爵愠怒的脸上瞥上几眼。他看到男爵气得咬牙切齿，骂了几句粗话，后来又不得不克制住自己，免得对他骂出口来；与此同时，他又怀着魔鬼似的乐趣注意到母亲愈来愈怒气冲冲，他俩只是盼望有机会向他猛扑过去，将他捉拿归案，或者让他再也无法为非作歹。可他已经不给他们机会了，他的仇恨经过了漫长的筹划，他不会给他们留下任何破绽。

"我们回去吧！"母亲突然说道。她感觉再也无法控制自己，一定要发泄出来，在受尽折磨之后至少得大喊大叫几声。"太可惜了,"埃德加平心静气地说,"一切是那么美好。"

两个人都意识到孩子在讽刺挖苦他们。可他们一个字也不敢说出来,这个暴君在这两天里对如何克制自己真是学到家了。他的脸上没有任何抽搐的动作暴露那尖刻的讥讽。他们一声不吭地沿着那条长路重新走回去。后来,他们回到旅馆,母子单独待在房间里的时候,母亲仍然余怒未消。她愤愤不平地将遮阳伞和手套扔到一边。埃德加立即发觉她依然激动无比,需要发泄怒气,他也希望看到她突然发作,于是为了激怒她,他故意待在房间里不走。她不停地踱着步,又坐下来,手指在桌子上敲击着,然后一跃而起。"看你蓬头垢面脏兮兮的样子,你整天在瞎搞什么,你到处走来走去干吗?在大庭广众之中真是丢人现眼。你这个年纪了难道还不知羞耻吗?"孩子一句话都没有顶撞,走过去给自己梳了梳头发。这样的沉默,这种顽固不化、冷若冰霜的沉默,再加上孩子嘴唇上满含的嘲讽,惹得她直冒火。她真想暴揍他一顿。"上你的床去。"她对他吼道。她再也容忍不了他在她面前晃来晃去了。埃德加微笑着离开了。

现在,男爵和她,他俩在他面前是如此害怕和恐惧,担心相聚时他出现的每一个时刻,害怕看到他残酷无情的眼睛!他们越是感觉不舒服,他的目光就越是发出沾沾自喜、怡然自得的光芒,他的快乐就越具有挑战性。埃德加现在用孩子那种几近野兽般的残忍折磨那两个手无寸铁者。男爵还能抑制住自己的怒火，因为他一直希望还可以捉弄一下这个孩子，而且只想着自己的如意算盘。但是他的母亲却一再失去自控，只有对他大喊大叫才能让她的心情好起来。"别玩刀叉了，"她在餐桌旁训斥他，"你是一个没有教养的野孩子，你还根本不配和大人坐在一起。"埃德加只是头稍稍歪向一侧，坚持微笑着。他知道这种叫嚷是绝望的表现，他们已经暴露了自己的绝望，他为此感到很自豪。此刻，他的目光和医生的目光一样镇定自若。换在以前，他或许会采用恶毒的方式激怒她，可现在他学到了很多东西，人在仇恨中学得尤其快。现在他只是沉默不语，不停地默不作声，直至她在他沉默的压力下开始唉声叹气。

母亲终于忍无可忍了。现在，当他们从餐桌旁站起来，而埃德加自然而然亲近地想跟在他们后面走时，她突然大发雷霆。她忘记了所有的顾忌，积郁在胸中多时的由衷之言，得以一吐为快。饱受他无时无刻不在的纠缠折磨，她像被苍蝇折磨的马匹那样腾空一跃。"你干吗老是像个三岁孩子那样跟在我后面？我不希望看到你老是待在我身边。孩子不属于大人。你可要记住这一点！你不是可以一个人玩上一个小时吗？看看书或者做做自己想做的事。你别烦我！你这么悄悄地走来走去，这种讨厌的样子简直烦死我了。"

他终于迫使她说出了自己的心声！男爵和她此时似乎很尴尬，埃德加依然一笑置之。她转过身，还想继续说什么，却因为对孩子道出了自己的不快而极为恼火。可埃德加只是冷冷地说道："爸爸不希望我一个人在这里到处乱逛。我已经答应过爸爸不会自己不小心，我会待在你身边。"

他重复"爸爸"这个词，因为他注意过，这个词会对这两个人产生某种致命的打击。他父亲一定也以某种方式被卷入了这个烫手的秘密之中。爸爸一定对这两个人施加了某种他不知道的魔力，因为只要一提到父亲的名字，似乎就会给他们带来恐惧和不悦。这一次他们也什么都没有反驳。他们放下了武器。母亲走在前面，男爵和她走在一起，埃德加跟在他们身后，但不是像仆人那样屈从地走，而是像一名看守那样，强硬、严厉而无情。他手里有一根拴住他们的无形链条在叮当作响，他们对着链条猛力摇晃，但无法摆脱它。仇恨锻炼了孩子的力量，他，一个毫无经验的孩子，要比被秘密绑住手脚的他们两人更为强大。

撒谎者

可是时间很紧迫。男爵在这里只剩下短短的几天时间，要好好利用才行。他们感觉到，要想和这个神经敏感的孩子的顽固不化做斗争是徒劳无益的,于是选择了最后的也是最卑劣的解救办法:逃离,只为了摆脱他的压迫一两个小时。

"你到邮局把这两封信用挂号寄出吧。"母亲对埃德加说。他们俩站在大堂里,男爵在外面和一名车夫说话。

埃德加将信将疑地拿着那两封信。他注意到,以前总是有个佣人给母亲传递信息的。难道他们又在准备合伙对付他吗?

他迟疑着。"你在哪儿等我?"

"这里。"

"肯定吗?"

"肯定。"

"那你别走开呀!你就在大堂里等我回来吗?"他感觉自己已占优势,和母亲说话时不免带了命令的口吻。从前天开始发生了很多变化。

于是,他拿着两封信走了。走到门口,他恰好碰见了男爵,和他打了个招呼,两天来还是第一次。

"我出去寄两封信。我妈妈等我回来。请您别走开。"

男爵赶紧从他身旁挤过去。"好啊,好啊,我们等着。"

埃德加一路狂奔。可到了邮局,他不得不等着。在他前面有个男人,提了一长串无聊至极的问题。他好不容易办完事,立即拿着挂号信凭证奔回去。他赶回旅馆,却正好看到母亲和男爵乘坐马车扬长而去。

他当即气傻了，差点儿弯下身子，从地上捡起一块石头朝他们扔过去。也就是说，他们是明目张胆地从他眼皮底下溜走了，用的却是卑鄙无耻、流氓成性的谎言！他是从昨天开始知道母亲撒谎的，但没想到她竟能如此毫无廉耻，无视自己公开的诺言，他对她最后的一点信任也没有了。他原本以为他们说的话都是真的，哪料到统统只是五颜六色的气泡，鼓起来然后化为乌有，他再也不明白这整个人生了。可是，那究竟是怎样可怕的秘密呢，驱使成年人如此肆无忌惮地欺骗他一个小孩子，像罪犯一样偷偷溜走？在他看过的书里，有人为了获得金钱、巧夺权力或者赢得江山去干下杀人行骗的勾当。可现在是因为什么？这两个人究竟想干什么？为什么他们要在他面前躲躲闪闪？在无数的谎言之中他们试图在掩盖什么？他绞尽脑汁地思索，隐隐约约感到，这个秘密是童年的一道屏障，他只有越过它才能长成大人，才能最终、最终长成一名男子汉。哦，要能解开这个秘密多好！可他无法清晰地思考问题。他们居然从他身边悄悄溜走，他怒火中烧，清澈透明的目光变得模糊不清。

他一口气跑进树林里，躲进黑暗的角落，没有人看得到他，哗哗的热泪便夺眶而出。"撒谎，骗子，猪，流氓。"——他不得不大声地吼叫着，否则真要被憋死了。这几天的愤怒、焦躁、恼怒、好奇、无助以及背叛,被扼杀在他幼稚可笑的斗争中和自以为成人的幻想中,此刻积聚在他胸中,进而化成了绵绵不绝的泪水。这是他童年时代的最后一次哭泣,最后一次呼天喊地的哭泣,最后一次像个女人似的沉浸在肆意的眼泪中。在这个不知所措的满腔怒火的时刻,他自觉自愿地痛哭所有的一切:信任、爱恋、信赖、尊重——他的整个童年。

这之后,男孩回到了旅馆,但和原来判若两人。他神情冷静,行事深思熟虑。他首先回到自己的房间,小心洗净自己的脸和眼睛,不让他们看到他的泪痕,不让他们庆祝胜利。然后,他准备开始清算。他耐心地等待着,没有任何的焦虑不安。

马车载着两个逃亡者回到旅馆时,大堂里已经人来人往,相当热闹了。有几个男人在下象棋,另外有几个人在看报,女人们则在东拉西扯地闲聊。孩子不动声色地坐在他们中间,脸色有些苍白,目光呆滞。母亲和男爵走进门,突然看到他,感到有些尴尬,正想支支吾吾地说出早已准备好的借口时,他已经笔挺着身子平静地迎向他们,挑衅般地说道:"男爵先生,我有话跟您说。"

男爵感到不快。不知怎么的,他觉得自己被逮了个现行。"好,好,等会儿,马上!"

可埃德加提高了嗓门,说得响亮而清楚,周围所有的人全都听得明明白白:"可我想现在就跟您说话。您真是卑鄙无耻。您骗了我。您明明知道我妈妈在等我,可您却……"

"埃德加!"母亲嚷道,看到所有的目光都向她射来时,她赶紧冲到他跟前。

可此刻,当看到她的声音想要压过他的话时,孩子骤然尖叫道:"我要当着所有人的面再说一遍。您撒了一个无耻的谎言,真卑鄙,真下流。"

男爵脸色苍白地愣在那里,人们抬头张望,有一些人窃笑起来。

母亲气得一把抓住浑身哆嗦的孩子。"马上回你自己的房间去,否则我就在这里当着所有人的面揍你。"她声音嘶哑,结结巴巴地说道。

埃德加此时已经冷静下来。他为自己刚才的冲动感到遗憾。他不满意自己的表现,因为他本来想冷静地挑战男爵,只是到了最后一刻,他的怒火比他的意志更狂野。他转身走向楼梯,显得心平气和、从容不迫。

"男爵先生,请您原谅他的粗野无礼。您也知道,他不是一个乖孩子。"她嗫嚅地说道。四周的人都在盯着她看,她被他们稍带幸灾乐祸的目光弄得不知所措。在她看来,这个世界上没有什么比丑闻更叫人可怕,她也知道现在必须保持镇静。她没有选择马上溜走,而是先走到门卫那里,问是否有信件或者其他无关紧要的事情,然后才疾步上楼,好像什么事情都没发生似的。可在她身后,有人在窃窃私语,夹杂着嘀咕声和被强压住的笑声。

她走到半路,脚步渐渐慢下来。面对突发的严峻场面,她总是束手无策。她害怕冲突。她不能否认自己是有过错的,她害怕孩子的目光,害怕这以前没有见过的陌生又奇怪的目光,这让她变得毫无自信。由于害怕,她决定用宽容的态度试试。因为她知道,现在一旦争斗起来,这个被激怒的孩子却是强者。

她轻轻地按动门把手打开门。男孩坐在那里,心平气和,沉着冷静。她看到那双眼睛睁开着,完全没有恐惧,也没有流露出一丝的好奇。他似乎非常自信。

"埃德加,"她尽可能慈母一般地说道,"你想到哪里去了?我为你感到羞耻。你还是个孩子,怎么能如此没有礼貌呢?你马上去向男爵先生道歉。"

埃德加望着窗外。他那个"不"字仿佛是对着对面的树林说的。

他的自信让她诧异。

"埃德加,你究竟是怎么回事?你真的和平时判若两人!我根本没法和你沟通。你平时一直是个聪明乖巧的孩子,什么事情都好商量。可你忽然变成这样，好像魔鬼附身一样。你干吗要和男爵对着干？你不是非常喜欢他吗？他一直对你很好啊。"

"对，因为他想认识你。"

她感觉不自在。"胡扯！你想到哪里去了，你怎么会有这样的想法？"

可孩子暮地发起火来。

"他是一个骗子，一个伪君子。他所干的都是自私自利卑鄙无耻的勾当。他想的就是要认识你，所以才对我好，答应送我一条小狗。我不知道他答应你什么了，为什么他要对你那么好，但肯定也是想从你那里得到什么，妈妈，这点完全可以肯定。否则他不会那么彬彬有礼、热情友好。他是一个坏蛋。他在撒谎。你好好瞧瞧他那副虚伪的假模样。哦，我讨厌他，讨厌这个卑鄙的骗子，这个流氓……"

"可是埃德加，你怎么能这样说呢？"她被孩子质问得不知所措，不知该如何回答是好。她心里也有所感，觉得孩子说得有理。

"没错，他就是一个流氓，谁也休想让我放弃这个看法。你自己好好看看吧。他为什么怕我？他为什么在我面前躲躲闪闪？因为他知道我看穿了他的把戏，认清了他这个流氓的真面目！"

"你怎么能这样说呢？你怎么能这样说呢？"她脑子里一片空白，毫无血色的嘴唇只是不断重复着这句话。此刻她突然感到害怕极了，却不知道到底是害怕男爵，还是害怕孩子。

埃德加发现他的提醒起作用了，这样就可以把母亲拉到自己的阵营里，就可以有一个战友，可以共同讨厌男爵，敌视男爵。他温顺地走到母亲跟前，搂住她，由于激动他的声音听起来有种巴结的味道。

"妈妈，"他说，"你肯定也注意到了，他不安好心。他把你完全变成了另外一个人。是你变了，而不是我。他在我们中间挑拨离间，只想单独和你在一起。他肯定想骗你。我不知道他答应过你什么，我只知道他不会信守诺言。你应该提防他。他既然可以欺骗一个人，也可以欺骗另一个人。他是一个坏人，我们不能相信他。"

这个声音很温柔，几乎是声泪俱下，听起来像是从她自己的内心发出来的一样。反正她的心里已经产生了不舒服的感觉，它在向她说着同样的话，越来越强烈，越来越恳切。可她羞于向孩子承认他是对的。于是，为了从强烈的感情尴尬中解脱出来，她和许多人一样采用了简单粗暴的表达方式。她挺直身子。

"小孩子又不懂这种事，你别插嘴。你必须礼貌待人，这才是你要做的。"

埃德加的脸色嗖地重新冷下来。"随你的便,"他生硬地说,"我警告过你了。"

"那你不想道歉了吗?"

"不。"

他们冷脸相对。她觉得这关系到她的权威。

"那你就在楼上用餐,一个人。你道歉后才能和我们同桌吃饭。我要教你懂礼貌呢。你得到我的同意才能离开房间。你明白了吗?"

埃德加微笑着。这种狡猾的微笑似乎已经和他的嘴唇融合在一起了。他心里对自己很恼火。他是多么愚蠢,竟然还对这个女骗子掏心掏肺,发出警告。

母亲没再看他一眼就冲出去了。她害怕这双犀利的眼睛。自从感觉到他总是睁着眼睛注意看,并且告诉了她不想知道不想听到的话之后,她开始对这个孩子感到不舒服了。她感到可怕的是听到了自己内心的声音,她的良心在说话,她脱离了自己的身体,伪装成孩子,在她面前走来走去,警告她,嘲笑她。直到现在,孩子除了是她的生活之外,还是一件装饰品,一件玩具,某种爱和信任的东西,有时或许是一种负担,但始终是某种东西,它在同样的洪流中、在她同样的生命节奏中流动。今天,它第一次猛然站起来,违抗她的意志。现在,只要一想起她的孩子，她的心里就混杂着某种像是仇恨的东西。

可是，就在她有些疲惫地走下楼梯时，一个天真的声音又在她胸口响起。"你可要提防着他呀。"这个提醒并没有沉默下去。就在她缓缓而过时，一面镜子对着她闪闪发光，她疑惑地朝里面凝望，越望越深，始终越望越深，直至她微微一笑张开嘴唇，而嘴唇像是在说一句致命的话那样变成圆形。那个声音始终是从她心里发出来的，可她高耸着肩，仿佛所有那些看不见的疑虑可以从她肩上抖落一样，她又朝镜子里仔细瞅了一眼，整了整自己的衣裙，就像是赌徒把剩下的最后一枚金币哐当一声滚到桌上去那样，带着坚定的姿势走下楼去。

月光下的踪迹

服务生将饭菜送到埃德加的禁闭室，然后关上房门，随即传来房门上锁的咔嚓声。孩子暴跳如雷，这显然是受他母亲指使，把他像一头猛兽那样关了起来。他怒气冲天，顿时心生恶念。

"我被关在这里，楼下会发生什么事？这两个人现在会谈论什么话题？那个秘密现在终于要发生了，而我却不得不错过了吗？哦，这个秘密，这个当我身处成人们中间始终感觉到并且处处感觉到的秘密，我要趁他们夜里锁上门面对它时，趁他们埋头低声地谈论它时,冷不防冲进去,这个巨大的秘密,几天来它已经离我很近,我快要掌控在手里了,可还一直无法抓住!以前,为了抓住这样的秘密,我什么事没干过!我当时偷过爸爸书房里的书,看过那些书,而所有稀奇古怪的事情全都在那里面,只是我还看不懂。从某个方面看,那秘密里面一定有一个封印,首先必须打开封印才能发现这个秘密,也许封印在我这里,也许在其他人那里。我问过家里的女仆,请她给我解释书上的句子,可她只是取笑我。做孩子真是可怕,我们有太多好奇,可就是没法问任何人,在大人面前总是显得非常好笑,仿佛是傻瓜和饭桶。但我会弄明白这个秘密,我感到马上就会知道了。一部分的秘密已经掌握在我手里,不把全部秘密揭开,我是绝不会罢休的。"

他侧耳细听是否有人过来。外面,一丝微风吹过林间,明镜似的月光在枝杈之间婆娑起舞,变得支离破碎。

"他们要干的绝不是什么好事,要不然就不会寻找可怜的谎言躲开我。他们,这两个该死的人,现在肯定因为终于摆脱了我而在笑话我,但我会笑到最后。我真是太蠢了,竟然被他们关在这里,而不是紧跟着他们,好好观察他们的一举一动。大人往往不够谨慎,他们会暴露自己。他们总认为我们只是孩子,晚上会睡得死沉死沉,可他们忘了,我们也会装睡,会偷听,会装作很笨而其实很聪明。不久以前,姑妈怀孕了,他们已经事先知道,只是在我面前奇怪地装作大吃一惊的样子。可这事我也早就知道了,因为我听他们说起过,那是几周前的一个晚上,当时他们以为我睡着了。因此这一次我也要让他们,让这两个卑鄙无耻的家伙大吃一惊。哦,要是我能从门口窥探到他们的动静,趁他们现在误以为高枕无忧的时候偷偷观察他们,那该有多好。我难道不可以现在按下门铃吗?如果是这样,就会有女招待进来,打开房门,问我想干什么。或者我也可以在房间里闹个不停,把碗碟摔个粉碎,就会有人打开房门。而这一瞬间,我就可以乘机溜出房间,窥视他们在做什么。不,我可不会这么干。谁也不该看到他们对待我有多么卑鄙无耻。我一个骄傲的人,绝不能干这样的事。明天我会对他们的卑鄙无耻给予还击。"

楼下传来女人的哈哈大笑声。埃德加吓了一跳。这很可能就是他母亲。她真的有理由哈哈大笑,嘲笑他这个可怜的人,这个无助的人:只要他讨厌,就可以把他锁在房里,可以像扔一捆湿衣服那样把他扔到角落里。他小心地把头探出窗外。不,不是她,而是几个陌生女服务生在放肆地戏弄一名男服务生。

就在这时,他注意到房间的窗户离地面非常低。也就在这一刻,他的脑子里不由自主地冒出了一个主意:跳出窗外,就在现在,就在他们误以为万分保险的时候窥探他们的行踪。他为自己的主意高兴得激动不已。他觉得好像自己由此抓住了童年时代那个闪闪发光的巨大秘密。"出去，出去。"他的心里发出颤抖的声音。从这里跳出去不会有任何危险。没有人会经过这里。他腾地一下跳出去。只有石子轻微的沙沙作响声，谁也没有听见。

在这两天里，蹑手蹑脚的跟踪、暗中的守候成了他的生活乐趣。此刻，当他完全轻手轻脚地走在旅馆四周，小心回避电灯射出的强烈光线时，除了混杂着一丝惊恐，他还感觉到了狂喜。他首先朝餐厅望了一眼，谨慎地将脸颊紧贴到玻璃窗上。他们平时坐的位置上空空如也。他一个窗户一个窗户地继续窥望。由于害怕被发现，他不敢跑进旅馆里去，因为说不定会在过道之间突然碰见他们。但没有任何一个地方可以找得到他们。就在快要绝望的时候，他看到有两个影子出现在门口。他吓得赶紧往后，缩作一团躲在暗处。他看到母亲和她那个现在已是形影不离的陪伴者走出了门外。也就是说，他来得正是时候。他们在说些什么？他听不清楚。他们交谈声很低，而风吹林间，隆隆作响，过于喧嚣。可此刻，一阵大笑清晰地飘过来，那是母亲的声音。这种笑声他从没有在她那里听到过，尖厉得怪异，像是被人挠痒，激动而又神经质，这笑声让他感到陌生，感到害怕。她在大笑。那么说，这可能不是什么危险的事，肯定不是什么大事或者意外事。埃德加稍感失望。

可是，他们为什么要离开旅馆？在这夜深人静的时刻，他们会去哪儿？风一定是裹挟着巨大的翅膀吹向高空，因为天空刚才还是明净如洗，像月亮般皎洁，现在却已变得黑魆魆的了。那黑色帷幕被看不见的手抛向高空，蒙住了整个月亮，而之后，夜色越来越浓，几乎伸手不见五指了，等到月亮挣脱了束缚，才重放光明。银色的月光沉静地流泻在原野上。光与影的游戏充满神秘感，犹如女人时而裸露身体时而遮掩身体一样撩人心魂。恰在此时，大地重新裸露出身体，埃德加就在这时看到了两个人的侧影，或者更确切地说是一个侧影，因为他们行走的时候彼此紧贴在一起，仿佛被内心的恐惧吓住了似的。可是这两个人现在要到哪里去呢？松树发出嘎吱声，林间似乎忙碌得紧，煞是热闹，好像在搜捕野兽似的。"我跟在他们后面，"埃德加想，"在风声和树枝晃动声中，他们听不到我的脚步声。"于是他在上面的小丛林里，轻手轻脚地从一棵树奔向另一棵树，从一个阴影奔向另一个阴影，他们则在下面宽阔明亮的大路上走着。他顽强执着地跟在他们后面，他赞美风，因为它可以盖住他的脚步声，又诅咒风，因为它总是把他们那边的话从他耳边吹跑。要是能听到他们的对话，他相信一定可以抓住秘密。

　　两个人毫无疑心地走着。在这令人迷惘的漫漫长夜里，他们感到幸福至极，迷失在越来越强烈的兴奋中。没有任何预感警告他们，在那上面枝繁叶茂的黑暗里有人正步步紧逼，有一双眼睛正怀着满腹的仇恨和好奇紧盯着他们。

他们蓦地站住不走了。埃德加也急忙停下脚步，紧贴在一棵树上。强烈的恐惧向他袭来。假如他们现在掉转头去，比他先回到旅馆，假如他不能及时回到自己的房间，而母亲发现他人不在，那该怎么办？那一切就完了，他们就会知道他在悄悄地跟踪他们，那他就再也别指望揭开他们的秘密了。可这两个人开始犹豫不决，很显然他们之间产生了意见分歧。多亏有月光，他才能将一切看清。男爵指着一条黑漆漆的狭窄岔道，那是到山下去的路，那儿的月光不像这里可以让整个辽阔苍茫的大地洒满银辉，而仅仅让少量奇异的光芒渗入灌木丛中。"为何他要到山下去呢？"埃德加心里咯噔一下。母亲似乎说了个"不"字，而那另一个人，却在劝说她。埃德加从他的手势中发觉，他说话有多么急迫。孩子感到害怕。这个人想拿母亲怎么样？为什么这个流氓要企图把她拖到暗处？他看过的那些书构成了他的整个世界，他突然从那些书里想到了月亮和绑架，想到了阴森可怕的犯罪行为。无疑地，男爵想要谋杀她，因此要叫他离得远远的，把她孤零零一个人引诱到这里来。他是不是该大喊救命？有人杀人啦！呼喊声正要从喉咙口冲出，可他的嘴唇干涩，发不出一点声音来。他的神经因为不安而紧绷着，简直保持不住站立的姿势，吓得赶紧抓住一个支撑物，就在这时，只听咔嚓一声，他手下的一根树枝被折断了。

那两人惊恐地回过身，盯着暗处看。埃德加大气都不敢喘，默默地倚靠在树旁，双臂贴紧紧，瘦小的身体蜷缩在阴影的深处。四周死一般地静寂无声。可他们似乎还是感到害怕。"我们回去吧。"他听到母亲说，惊恐的声音从她唇边发出。男爵同意了她的提议，他显然也是一副惊魂未定的模样。两个人回去了，步伐缓慢，彼此紧紧地依偎着。让埃德加感到高兴的是他们内心的束缚。他用四肢爬行，在树林的最下面匍匐向前，直至森林拐角的地方，划破的双手血迹斑斑。他从森林的拐角处开始飞速奔跑，呼吸都快要停止了，一直跑到旅馆，然后再飞奔几步上楼。很幸运，那把将他关起来的锁上插有钥匙，他转动钥匙，冲进房间，紧接着倒在床上。他不得不躺在床上休息了几分钟，因为心在急速地跳动，好似一把锤子在敲击响个不停的挂钟壁墙。

之后，他才敢站起身，靠在窗口，等着他们回来。时间过了很久。他们一定是走得很慢很慢。他小心地把头伸到漆黑的窗框外探看。他们现在慢慢走过来了，月光洒在他们的衣服上。在清幽幽的月色下，他们看上去就像幽灵一样，讨厌的恐惧又一次向他袭来，难道这个人真是杀人犯，而只是因为他的出现，才阻止了一起可怕的命案？他朝那两张苍白的脸看去，看得一清二楚。母亲的脸上露出一种他从没见过的陶醉神情，相反男爵脸上的表情生硬而懊恼。显然是他的图谋没有得逞的缘故。

他们俩的人影挨得如此之近，直至快到旅馆门前，才彼此分开。他们会不会抬头往楼上看看？不，谁也没有抬头张望。"他们把我忘记了。"男孩想，既怒气冲冲，又偷偷怀着胜利的喜悦，"可我并没有忘记你们。你们大概以为我睡着了，或者不在这个世上了，但你们应该发现自己犯错了。我要监视你们的每一步，直至揭开这个流氓的秘密，这个可怕的让我睡不好觉的秘密。我要捣毁你们的同盟。我不睡觉。"

两个人慢慢走近门口。此刻，他们一个挨着一个地进门，那两个剪影又在一起交合了一会儿，他们的影子变成一根黑条纹随即消失在明亮的大门口。在此之后，月光下的广场，犹如一片覆盖着积雪的辽阔草地，在大楼前熠熠生辉。

突袭

埃德加喘着粗气从窗口退回来。恐惧使他发抖。他这一生还从未如此挨近这种神秘莫测的事情。从他的理解看，书本里那个骚动不安、惊心动魄的冒险世界，那个充满谋杀和欺骗的世界，始终只出现在童话里，在不真实和不可企及的地方。可他现在似乎突然误入了这个恐怖世界的中央，他的整个身心因这种强烈的接触而疯狂颤抖。这个人，这个神秘莫测的人，这个突然之间闯进他们平静生活的人究竟是谁？他真的是凶手吗？因为他一直在寻找偏僻的场所，想把母亲拖到漆黑一片的地方。可怕的事件似乎即将发生。他不知道该怎么办。明天，那已经确定无疑，他想给父亲写信或者发电报。可是，这种可恶的事，这种可怕的事，这种神秘的事会不会现在、会不会今晚发生？母亲现在还没有回到她自己的房间里，她还和那个可恨的陌生人待在一起。

　　房门外有一道糊纸的移动门，两门之间有一个狭小的空间，比衣橱大不了多少。他硬是挤进那一掌宽的黑暗处，好偷听他们在过道里的动静。因为他已决定，哪怕只有一瞬间，他也不想让他们单独待在一起。现在已是午夜时分，过道里空荡荡的，只有一盏灯亮着，显得很暗淡。

　　终于——他觉得分分秒秒都漫长得可怕——他听到小心翼翼的脚步声传过来。他吃力地偷听着。这并非像恰好要进自己房间那种快步走，而是拖着脚走路、犹豫不决、放慢速度的步子，就像是攀登在一条寸步难行的陡峭山路上。他还不停地听到窃窃私语声，然后对话中断了。埃德加激动得颤抖不止。真是他们俩吗？他一直和她在一起？低语声太过遥远了。可那些脚步声，尽管还是那么迟疑不决,却离他越来越近了。现在他突然能听到男爵可恨的声音,他低声而沙哑地说着什么,埃德加没听懂,可他听到母亲立即回绝道:"不,今天不行!不。"

埃德加颤抖着,他们离他更近了,他可以听到他们所有的说话声。他们一步步向他走来,虽然脚步很轻,却让他心里感到痛苦。而那个声音,他觉得无比难听,这个可恨之人发出的疯狂追求的声音令人讨厌!

"您不要那么残忍。您今晚好漂亮。"可女人重复道:"不,我不可以,我不能,您放开我。"

母亲的声音听起来是那么恐惧,孩子大为惊讶。他究竟想要什么?为什么她感到害怕?他们走得越来越近,现在一定快走到房门口了。他就站在他们身后,颤抖着,隐着身子,一只手的距离,只有一张薄薄的裱糊纸遮挡着他。他们的声音现在离他的呼吸是如此之近。

"来吧,玛蒂尔德,来呀!"他又听见母亲在呻吟,现在声音更轻微,反抗很弱。

可这是怎么回事?他们走到远远的黑暗中去了。母亲并没有回自己的房间,而是从门前走过去了!他要把她拖到哪儿去?为什么她不再说话?难道他往她嘴里塞东西了?难道他掐住了她的喉咙?

这些念头让他抓狂。他用颤抖的手将门推开一条缝。现在他看到那两个人就站在黑漆漆的过道里。男爵搂着母亲的腰肢，领着她慢慢地走去，她似乎也顺从了。此刻他就站在他的房门前。"他想把她硬拉走，"孩子害怕地想，"现在他要做出可怕的事来了。"

他猛地一推，打开门冲了出去，扑向两人。母亲发现黑暗中有什么东西冲向她，吓得尖叫起来，差点昏厥过去，男爵好不容易才扶住她。可就在这一刹那，他感觉有一只小拳头向他脸上击来，这一拳击中了他的嘴唇和牙齿，有什么东西像猫爪那样紧抓住他的身体。他放开吓得失魂落魄的女人，女人迅速逃离现场，男爵慌乱地挥拳砸回去，都不知道在反击谁。

孩子知道自己是弱者，但并没有俯首就范。终于，那个时刻，那个盼望已久的时刻终于来临了，所有被出卖的爱、堆积在心头的仇恨可以肆意发泄了。他用自己的小拳头盲目地捶打着，激动不安地、徒然地咬紧嘴唇。男爵此刻已经认出他来了，也同样对这个暗藏的间谍满腔仇恨，这个间谍在最后几天里败坏了他的兴致，破坏了他的游戏，他刚才被击中哪儿，现在就粗暴地反击过去。埃德加闷声呻吟，可没有松手，也没有大喊救命。他们在午夜的过道里沉默而愤怒地搏斗了一分钟。渐渐地，男爵意识到和一个半大孩子争斗很可笑，他紧紧地抓住他，想方设法地把他甩掉。孩子也感觉到自己的肌肉松弛无力了，知道一会儿就会被打败、被揍,于是怒气冲冲地咬住那只正想迫使他就范的坚强有力的手。被咬的男爵不由自主地发出低沉的叫喊,松开了手——一秒钟,那是孩子需要的时间,他逃回自己的房间,并将门闩插上。

午夜的打斗只持续了一分钟。他们的四周谁也没有听到两人的打斗。一切归于沉寂,一切似乎淹没在睡梦里。男爵用手绢擦了擦流血的手,不安地向黑暗处窥探。没有人在窃听。只有楼上——他觉得充满讥讽的意味——最后一盏灯光在骚动不安地闪烁。

暴风雨

"难道这是一个梦,一个可怕的噩梦?"第二天早晨,埃德加自问道,他从莫名的恐惧中醒来,一绺头发耷拉在脸上。他隐隐地感到头昏脑涨,关节被僵硬笨拙的感觉折磨着,而此刻,他往下一看,发现自己还穿着衣服,大吃一惊。他倏地从床上跃起,跌跌撞撞地走到镜子前,看到自己那张脸苍白变形,额头上方浮肿着,还有一条微红色的伤痕,他吓得直往后退。他好不容易集中心思,才惊恐地回想起了一切,想起夜间在外面过道里的打斗,想起他冲回房间,和衣倒在自己的床上,像发烧一样发抖，随时准备逃跑。他一定是在那里睡着了，沉入了云遮雾罩的深度睡眠之中，而在之后的睡梦中，所有的一切又一次重现，只是以不同的方式，而且更为可怕，还带着刚刚流过血的湿腥味。

楼下的脚步把石子路踩得沙沙作响，各种嘈杂的声音像看不见的鸟儿飞奔上来，阳光射进房间的深处。现在该是上午晚些时候了，可他一看表吓了一跳，时针指向午夜，原来是昨天一生气忘记给钟表上发条了。不知怎么的，没有了时间概念，心里觉得空落落的，他感到万分忧虑，又因为不知道究竟发生了什么事，越加感到忧虑。他赶紧梳洗完，走下楼去，心里怀着忐忑不安和一丝负疚感。

母亲独自一人坐在早餐室那张熟悉的餐桌旁。埃德加松了口气，他的敌人不在，他不用看那张可恶的脸，那张他昨天在情急之中挥拳打过的脸。可现在，他走近桌子，心里还是感到七上八下的。

"早上好。"他向母亲打招呼。

母亲没回答。她连头都没有抬，而是用异常呆滞的目光注视着远方的风景。她看上去脸色煞白，有点黑眼圈，鼻翼四周神经质的抽搐恰好暴露出她此刻的激动不安。埃德加咬住嘴唇。母亲的沉默让他不知所措。他真的不知道昨天是否把男爵打成重伤了，她是否完全了解夜里发生的肢体冲突。而这种不安全感折磨着他。她脸色凝重，他因为害怕根本不敢抬头望她一眼，她此刻的眼睛尽管低垂着，但很可能会在蒙着的眼皮后面突然睁开来，然后逮住他。他默不作声，不敢弄出一点声音，小心翼翼地拿起杯子，马上又把它放回桌上，偷偷地朝母亲的手指望了一眼。母亲的手指正烦躁不安地把弄着勺子，手指的弯弯曲曲中似乎显露出她内心隐藏的怒火。他就这么在这种令人窒息的气氛中坐等了一刻钟，期待什么事发生，可什么也没发生。没有一句话，没有任何一句话可以使他得到解脱。此刻，母亲站起来，依然没有看他一眼，他不知道自己该做什么，是独自傻坐在餐桌这里，还是跟着她走？最后，他还是站起身来，忍气吞声地跟在母亲后面。她故意对他视而不见。他觉得自己这么偷偷地尾随在她后面特别可笑。为了能和她之间拉开一段距离，他把步子迈得越来越小，可母亲全然不理会，径自回到了自己的房间。埃德加终于走到房门口时，那房门已经紧闭，他只好傻站在那里。

究竟怎么了？他懵然无知。昨天那种满满的自信已经不复存在。他昨天压根儿就没有道理发动突袭吗？他们是准备对他采取惩罚行动，还是给他一个新的耻辱？他感觉到，一定有什么事情要发生，某种可怕的东西肯定马上就要发生。横亘在他们之间的正是暴风雨来临之前的闷热状态,是两极带电的电压,必须在雷电时才能释放掉。而他就这么扛着这种沉重的预感,寂寞孤单地熬过了四个小时,从一个房间到另一个房间,直至他窄小的脖颈儿被看不见的负荷压垮,到中午时,他低声下气地走到餐桌旁。

"你好。"他又说道。他必须打破沉默,这种可怕的威胁性的沉默像乌云笼罩在他心头。

母亲依然不作声,眼神又从他身上一扫而过。埃德加怀着新的恐惧,感觉到此刻面对的是母亲经过深思熟虑的满腔怒火,这是在他之前的生活中没有见识过的。迄今为止,她发起火来就是爆发一通,更多的只是一时的情绪激动,而不是伤和气的动怒,要不了多久就会阴霾散去,继而云开日出,她又会绽放出足以抚慰人的微笑。可这一次,他感觉到从她内心最深处的本质中激起了狂怒的情感,并且害怕这种威力一不小心就会爆发出来。他几乎不想吃东西。他的喉咙口像是被什么干燥的东西堵住了,使他濒临窒息而死的危险。对所有这一切,母亲似乎什么都没有察觉。只是现在,她站起来时,像是不经意地转过身来,说道:"你待会儿上楼来,埃德加,我有话跟你说。"

声音听起来尽管不带威胁性,但态度却是冷冰冰的,埃德加对母亲的话感到不寒而栗,仿佛突然有人给他的脖子套上了锁链一样。他的固执被制服了。他像一只被揍的小狗那样，默默地跟在她后面上楼进了房间。

她沉默了好几分钟，以此延长对他的折磨。在那几分钟里，他听到钟声响起，外面有一个孩子在哈哈大笑，他的心一直怦怦地跳个不停。她似乎也不踏实，因为和他说话时，她并没有看他，而是背对着他。

"我不想再谈论你昨天的行为，那真是闻所未闻，想起这事我现在还感到羞耻。你必须为此承担自己的后果。我现在只想对你说，这是最后一次准许你单独和大人在一起。我刚给你爸写过信，要给你找个家庭教师，或者把你送到寄宿学校，让你好好学习知书达理。我不想再生你的气了。"

埃德加低头站在那里。他感到这只是一种前奏，一种威胁，因此心神不安地等待着真正的结果。

"你现在马上向男爵道歉。"

埃德加身子猛然一怔，可她还是不依不饶地继续说下去："男爵今天已经动身回去了，你要给他写封信，我给你口授。"

埃德加身子又是一怔，可他的母亲还是很坚定。

"不要顶嘴。这里是信纸和墨水，你坐下。"

埃德加抬头看她。她的眼神冷峻，透着坚决。他从来没有见过母亲这样，如此斩钉截铁和镇定自若。他感到害怕。他坐下，拿起笔,可埋着头伏在桌上。

"上面先写日期。写了吗?称呼前空一行!好。尊敬的男爵先生!感叹号。再空一行!我刚刚遗憾地获悉——你写好了吗?遗憾地获悉,您已离开了色默林——是默默的默——因此我只能以书信的方式向您表示我打算做的事,也就是说——快点,又不是练书法——请您原谅我昨天的鲁莽行为。正如我母亲跟您说的那样,我刚刚得过一场重病,目前正处于康复阶段,很容易激动。我看问题往往容易夸张,事后又感到很后悔……"

埃德加弯曲的后背忽然一跃而起。他转过身,固执劲儿又上来了。

"我不写这封信,这不是真的!"

"埃德加!"

她用声音威胁他。

"这不是真的。我没做过任何可后悔的事。我没做错什么,为什么要赔礼道歉?你喊救命的时候,我只是过来帮你!"

她的嘴唇变得毫无血色,鼻翼绷得很紧。

"我喊过救命了吗?你真是疯了!"

埃德加怒气十足。他骤然跳起来。

"不错,你喊过救命,在外面的过道里,昨天夜里,他抓住你的时候。'您放开我,您放开我。'你喊道。声音很大,我在房间里都能听见。"

"你撒谎，我从来没有和男爵一起待在过道里。他只是陪我到楼梯口……"

听到她说出如此放肆的谎言，埃德加心跳骤然停止。他气得说不出话来，眼睛直瞪瞪地盯着她。

"你……不是……在过道里？那么他……他没有抓你？没有用暴力抓住你？"

她大笑，笑声冷漠、干涩。

"你在做梦吧？"

这样对待孩子太过分了。他早就知道，大人会撒谎，他们总能找些鸡毛蒜皮的又大胆鲁莽的借口，耍个花招蒙混过去，并且说些狡猾的模棱两可的语言。可她如此厚颜无耻、冷言冷语地矢口否认，明目张胆地撒谎，这可生生把他惹火了。

"那这个伤痕难道也是我做梦了吗？"

"谁知道你和谁打架了？我真的不想再和你讨论下去，你必须听话，就这样。坐下来写吧！"

她脸色苍白，试图鼓起最后一点力气来控制这个局面。

现在，在埃德加的心里，有什么东西破灭了。最后一点儿信任的火焰熄灭了。有人竟然可以像踩灭一根燃烧的火柴那样踩踏真相，那是他无法接受的。他感到心寒，说的话变得尖酸刻薄、恶毒、毫不克制。

"是吗,是我做梦了吗?过道里的事,还有那个伤痕?你们两个昨天在那儿的月光下散步,然后他想把你拉到山下的那条路上去,那个或许也是我在做梦吗?你以为我会像小孩那样被关在房间里不出来吗?不,我不会像你们想象的那么笨。我知道我想知道的一切。"

他狠狠盯着她的脸,这把她最后一点气力消磨掉了,她看到孩子的脸离自己很近,并且因为仇恨而变了形。她不由得火冒三丈。

"快点,马上写!要么……"

"要么什么……"他的声音变得挑衅般的大胆无礼。

"要么我就像揍小孩那样揍你。"

埃德加趋前一步,面带讥讽,只是哈哈大笑。

就在这时,她的手落到了他的脸上。埃德加大喊一声。然后,他就像一个快要淹死的溺水者那样,双手向四周猛打,耳朵里在嗡嗡作响,两眼直冒金星。他盲目地用拳头反击。他感觉自己砸到了什么柔软的东西,现在打到了脸上,他听到一声惨叫……

惨叫声使他清醒过来。他突然看清楚了自己,意识到出事了:他刚才打了自己的母亲。突如其来的恐惧、羞耻和惊慌开始困扰他，他的心里产生了强烈的渴望，希望自己现在消失，钻到地洞里去，离开，离得远远的，只是不要出现在母亲的视线里。他奔到门口，飞快地跑下楼梯，冲出大楼走上大街，离开，快走，仿佛有一群猛兽在他后面追赶。

初步领悟

　　他一下子跑出很远，到了山下的路边才停下脚步。他不得不扶住一棵树，因为恐惧和激动，四肢颤抖得很厉害，胸口起伏不停，几乎喘不过气来，就像垂死的人那样发出呼哧呼哧的声音。他自己一手惹下的祸引发的恐惧在后面追赶他，此刻扼住了他的咽喉，对他狂热地摇来晃去。他现在该怎么办？逃到哪里去？因为就在这儿，在这附近的树林里，离他住的旅馆只有一刻钟的路程，他就有一种惨遭遗弃的感觉。自从他孤身一人、孤立无援以来，一切似乎迥然不同了，一切似乎更敌意、更恶意了。那些树木，昨天还是情同手足地在他四周沙沙作响，此刻却一下子阴森森地纠集起来，像是在恐吓他。可是，在他面前的所有这一切，究竟有多少变得越来越陌生、越来越疏远了呢？要独自一人面对这个偌大而陌生的世界，这让孩子感到头晕目眩。不，他还无法容忍这一点，还无法独自容忍这一点。可是，他应该逃到哪里去？他害怕父亲，因为父亲容易激动，不好相处，肯定会马上把他送回来。他可不想回来，宁愿逃到危险而陌生的外面世界里去。他觉得自己永远不能再见到母亲那张脸了，因为一见到这张脸，就会想到他曾用拳头打过她。

他蓦然想起了奶奶，这个和蔼可亲的老太太，从他小时候起，就宠爱他，只要他在家里遭了罚，受了委屈，她始终会偏袒他。他想躲到巴登奶奶家里去，在那里等第一波的火气平息下来，然后再从那里给父母写信赔礼道歉。在这一刻钟里，他感到深受屈辱，心里只想到自己孤零零一个人生活在这个世界上，只有一双未经世事的手，他开始诅咒自己的骄傲，这种愚蠢至极的骄傲，一个陌生人只需用一句谎言就可以挑起他满腔的骄傲。他真的希望自己还是从前那个孩子，听话，耐心，不狂妄自大，他现在体会到这种狂妄自大真是夸张和可笑至极。

可是，如何到巴登去呢？如何飞越几个小时的路程呢？他急忙掏出一直随身携带的小皮夹子。谢天谢地，那块崭新的二十元金币仍然在闪闪发光，那是他的生日礼物。他一直不舍得花掉它，几乎每天都要查看它是否还在，看一眼也觉得高兴，感觉自己很富有，然后一直怀着感激的心情，充满深情地用他的手绢把金币擦得铮亮，直至它像小太阳那样熠熠闪耀。可是，有个突如其来的念头让他惊恐，这点钱够买车票吗？他长这么大经常乘坐火车，但不用说，始终是人家给他买车票，也不管花多少钱，无论是一元还是一百元。他第一次发觉，人生中的事实真相他从来没有去想过，从某个方面看，围绕着他的那么多东西，都承载着自身的价值，充满着特别的分量。一小时前他还以为自己无所不知，可此刻感觉到，自己漫不经心地从密密麻麻的秘密和问题旁边一晃而过，而让他感觉羞耻的是，他可怜的智慧已经在人生的第一个台阶上被绊倒了。他显得越来越沮丧，缺乏自信的步伐迈得越来越小，他就这么顺山而下一直走到车站。他曾经多少次梦想过一走了之，想着跑到外面的世界大干一番，成为帝王将相或者文人雅士，可现在他犹豫不定地望着那栋明亮的小房子，心里只想着一件事，这二十元钱是否足以把他带到奶奶那里去。

铁轨闪闪发光，一直伸向远方，火车站冷清清的没什么人。埃德加胆怯地走到售票窗口，为了不让其他人听到他的声音，他悄声问道，到巴登去的车票多少钱。一个人从昏暗的隔板后面向外望，满脸的惊讶，两只眼睛在那副眼镜后面朝这个怯声怯气的孩子微笑着。

"一张全票吗？"

"是的。"埃德加支支吾吾道。他回答时没有任何自豪感，只是担心票价太高。

"六元!"

"请给我来一张!"

他如释重负,将自己心爱的那块闪闪发光的金币推过去,找回来的钱币发出铿锵有力的声音,埃德加一下子觉得自己又成了一个无比富有的人,因为他现在手里拿着那张褐色厚纸车票,它可以确保他自由,而银币在他口袋里发出低沉的音乐声。

他从火车时刻表上了解到,再过二十分钟,火车就该进站了。埃德加躲在一个角落里。有几个人站在站台上等候,一副无所事事、心不在焉的模样。可埃德加心里烦躁得很,好像所有的人都在注视他,好像所有的人都很好奇,为什么这个孩子要单独乘坐火车。如此一想,他往那个角落里又缩了缩,好像大家都在盯着他,生怕他逃跑和作案似的。终于,当火车第一次从远方发出鸣叫,然后风驰电掣般驶来时,他长长地舒了口气。这列火车马上会将他送到外面的世界。上了车他才发现,他买的是张三等车厢的票。之前他总是乘坐头等车厢,他又一次感到这里有些情况变了样,这世界上很多的差别是他之前没有注意到的。和他做邻座的人和以往不一样了。有几个意大利工人,他们双手粗糙,声音嘶哑,手拿铁锹和铲子,恰好坐在他对面,目光阴郁而绝望。他们显然是在路边干重体力活的,因为有几个人很累,靠在坚硬肮脏的木板上,嘴巴张开着,在哐当哐当的火车上睡着了。埃德加想,他们为了挣钱去工作,可他想不出他们究竟能挣多少钱;他又感到钱这个东西不是总会有的,而是必须想办法挣来的。他现在第一次意识到,自己已经理所当然地习惯了养尊处优的生活,而在他的生活左右,有着漆黑一片的万丈深渊,他的目光从没有触及它们。他第一次想象到,世上人与人之间有着各自不同的职业,有着各自不同的命运,他的生活周围聚集着秘密,它们离他很近,伸手可及,可他从未注意过。埃德加独自一人坐在车上,在这一小时里学到了很多,他从这节拥挤的车厢里看到了很多,他透过车窗望向车外的世界。而在他莫名的恐惧里,某种东西开始轻轻地萌发,尽管这种东西还称不上是幸福,但却是对形形色色的人生的惊叹。他是由于恐惧和胆怯而逃跑的,这点他时刻都知道,但这是他第一次独立行动,独立从他一直忽视的现实生活中经历一些事情。他或许第一次成了爸爸妈妈的秘密,正如直到现在世界成了他的秘密一样。他用异样的目光从窗口望出去。他觉得好像第一次看到了所有的真相,好像万事万物的面纱掉落了下来,它们可以向他展示所有的一切,展示它们内心真正的意图、它们行动的秘密脉络。一座座房舍从旁而过像是被狂风吹走,他不由得想到住在里面的人,他们究竟是富裕还是贫穷,是幸福还是不幸,是否也和他一样渴望了解一切,是否直到现在那里的孩子也和他一样只是拿那些东西当戏耍。在他眼里，那些站在路边挥动着旗帜的铁路养护工，第一次不像从前那样是断了线的木偶，没有生命的玩具，或者是随意摆放的无关紧要的东西，他懂得了这是他们的命运，是他们和人生的战斗。车轮转动得越来越快，现在那些圆形的盘山道将列车送到下面的山谷，一座座山越来越平缓，越来越遥远，火车转眼进入平原地带。有一次他还回头远望，群山青翠叠嶂，虚无缥缈，辽阔幽深，遥不可及，而他觉得，就在群山和远天交接的浓雾弥漫之中，他自己的童年仿佛也随之消失在远方。

令人迷糊的黑暗

巴登到了，火车停下来，埃德加独自下车。站台上已是华灯初上，红绿信号灯的光线射向远方。看到这五色斑斓的景象，想起夜幕即将降临，他心里骤然一惊。白天的时候，他还感觉很安全，因为周围都有人，他可以休息一下，或者坐在长凳上，或者看看商店的橱窗。可现在，大家都已回家了，消失在自己的房间里，每个人都有一张安睡的床，和家人说上几句话，然后静享甜美之夜，可他却怀着负罪感，在陌生而寂寥之中，不得不孤身一人四处找路，他怎么受得了？哦，他唯一明确的想法就是：赶快找个栖身之所，不要在这自由而陌生的天空之下多待哪怕一分钟。

他急忙沿着熟悉的道路走去，目不斜视，直至最后来到奶奶居住的别墅前。这幢优美的房子坐落在一条宽阔的马路边，但并不能一眼被人看到，而是隐匿在一座精心修缮的花园后面，花园里长着蔓生植物和常春藤。那栋古老而温馨的白房子，宛若一道霞光从绿色云雾后面射出。埃德加像个陌生人似的，透过栅栏往里面窥探，没有一丝动静，窗户紧闭，显然家人和客人都到后花园里去了。他的手碰到冷冷的门把手时，一件怪事发生了：他突然觉得，自己这两小时里想得如此轻巧、如此自然的事情似乎无法实施。他应该如何进去？如何和他们打招呼？如何忍受那些没完没了的问题？以及如何回答？要是他不得不告诉他们，他是偷偷从母亲身边逃走的，他如何能经受住他们投来的各种目光？而且他将如何解释连他自己都不明白的令人匪夷所思的行为？里面有扇门打开了。他忽然愚蠢地担心起来，很可能有人会过来，于是他扭头就走，却不知道该到哪里去。

他在疗养地公园前停住了，因为他看到那儿一片昏黑，猜想不会有人找得到他。他或许可以在那儿坐下来，可以安静地好好想想，休息一下，弄清楚自己该怎么办。他胆怯地走进公园。公园前面有几盏灯亮着，稚嫩的树叶披上了幽灵般的水光，泛着透明的绿色；在远远的公园后面，那是他走下小山的必经之路，一切宛如渐渐生成的模糊昏黑的一团，躲藏在过早来临的春夜里那散乱的黑暗中。埃德加把脚步放得很轻，心生怯意地从几个人身旁溜过去，他们围坐在路灯下，要么在闲聊，要么在看书。而他只想一个人待着。可是，就连在没有灯光照射的过道昏暗处，也没有安宁。那里的一切都是鬼鬼祟祟的，有窸窸窣窣声，也有窃窃私语声，声音里往往夹杂着柔韧的树叶间微风的呼吸声、远方脚步的吧嗒吧嗒声、压低了嗓门的耳语声，还伴随着某种狂喜的、叹息的以及恐惧不安的嗡嗡呻吟声，这种声音很可能是由人类、动物以及睡得不安分的大自然同时发出的。这是一种危险的骚动，一种暗藏的、隐蔽的、像谜一样神秘得令人生畏的骚动，它在这里喘着粗气，是这树林里发生的某种秘密活动，它或许只和春天相连，却可以使这个无所适从的孩子吓得魂飞魄散。

他整个矮小的身躯蜷缩在一张长凳上，陷入那深不可测的黑暗之中，努力思考他到了家里该说些什么。可那些思绪总是还没被抓住，就从他心里悄悄溜走了，他控制不住地凝神谛听那些低沉的声响，细听那些黑暗中不可思议的声音。这种黑暗是多么可怕，可又多么撩人心神，充满神秘的美！将这种窸窣作响声和沙沙作响声，这种嗡嗡声和引诱声彼此交织在一起的一切，究竟是动物、人类，或者仅仅是像幽灵一样的风的手？他在侧耳细听。那是风，它正不安分地悄悄穿越树林，可是——此刻他看得真真切切——也有人，那一对对情侣搂抱在一起，他们从山下灯火明亮的城市里走到山上来，用他们谜样的身姿使黑暗充满生机。他们想干什么？他无法明白。他们彼此没在说话，因为他听不到说话声，唯有脚步声在石子路上不安宁地嚓嚓作响。有时他看到他们的身影在林中空地上宛若影子匆匆地飘然而过，但始终合二为一地搂抱在一起，就像他之前看到的母亲和男爵的情形一样。这个秘密，这个偌大的、闪烁的、充满危险的秘密，在这里也同样存在。现在他听到脚步声在向他靠近，也听到了一阵故意压低了的笑声。他感到害怕，怕渐渐走近的人发现他在这里，于是越来越走向黑暗深处。可是那两个人看也不看他，他们此刻从伸手不见五指的夜色里摸索着往山上走。他们依偎着从他身旁走过，埃德加刚刚舒了口气，可他们的脚步声就在他的长凳前戛然而止。他们彼此的脸紧贴在一起，埃德加无法看清楚，他只听到一声呻吟从女人嘴里传出，那名男子则在结结巴巴地说着疯言疯语。某种沉闷的预感交织着欢乐和战栗，使他深怀恐惧。他们就这么站了一会儿，石子路随后在他们继续漫游的脚步声中又发出嚓嚓的声音，没过多久，脚步声渐渐消隐在黑暗中。

埃德加有些胆战心惊。热血此刻又在血管里翻滚，比之前更暖和、更炽热。在这令人迷糊的黑暗之中，他突然感到有着难以忍受的孤单寂寞。一种需要无比强烈地占据了他的内心：他需要亲切的声音，需要拥抱，需要明亮的房间，需要自己喜欢的人。他觉得自己的内心仿佛陷入了一筹莫展的迷惘之夜的黑暗之中，他的胸膛都快要被黑暗炸开了。

他霍然跳起，只想马上回家，回家，回到家里那个温暖而明亮的房间里，不管和家人相处得如何。他会出什么事？有人会打他骂他吗？自从感觉到黑暗的味道和寂寞的恐惧以来，他已经什么都不惧怕了。

这一念头驱使他不断向前，连他自己都没有意识到，突然之间，他又重新站在别墅前，他的手摸到了那只冷冷的门把手。他看到从窗户里射出来的灯光照得那片绿地微微发光，仿佛看到在每一扇明亮的窗户后面那熟悉的房间和住在里面的人。就是这样的亲近感给了他幸福的滋味，就是这种突如其来的令人宽慰的幸福感使得他和那里面的人很亲近，他知道他们是爱着他的。而如果说他还在犹豫不决的话，那只是想从内心更近的角度享受这种预感。

就在这时，一个尖厉而惊恐的声音在他背后嚷道："埃德加，真的是他在这里！"

祖母的女佣看到了他，急忙冲向他，抓住他的手。里面的门忽然被打开了，一只狗汪汪叫着奔到他跟前，屋里有人端着灯走了出来，他听到那叫喊声里夹杂着欢呼和惊恐，而与叫喊声和脚步声同步的则是愉快的喧哗。那些人离他越来越近，现在他认出他们来了。最先是奶奶伸出手来，而在她后面，是母亲，他以为自己在做梦。他泪眼模糊，身体颤抖，整个人战战兢兢地处在这热烈爆发的情感之中，拿不定主意该干什么，该说什么，甚至都不清楚自己的感觉究竟是恐惧，还是幸福。

最后的梦

事情是这样的：他们早就在这里寻找他等候他了。母亲虽然很气愤，却也被这激动的孩子突然出走吓坏了，急忙派人在色默林到处寻找。后来有位先生带来消息说，大约凌晨三点在火车站售票口看到过孩子，大家全都惊慌失措起来，做出各种危险的猜测。他们马上从那里的售票窗口打听到，埃德加买了一张前往巴登的车票，于是她当机立断乘车追过去。在此之前她也已将电报分别发至巴登和维也纳他父亲那里，紧张不安的气氛由此弥漫开了，两小时里大家一直在分头寻找他。

现在他们终于逮住了他，但并没有使用武力。他强压住得意被领进屋子。可他觉得奇怪的是，他并没有感觉到他们对他说过什么严厉指责的话，他从他们的眼里看到的是欢乐和爱意。就连那种假象，那种假装的愤怒也只是一瞬间而已。之后，祖母含泪再次拥抱孙子，谁也没有提及他的过错，他感觉自己被无微不至的关怀围绕着。女佣给他脱去外套，换了一件更暖和的，奶奶又问他饿了没有，是否想要吃点什么。他们一个个挤到他那里围住他，体贴又担心的样子，直至看出他的窘态，才不再问这问那。他欣喜地意识到自己之前受到轻视现在又被惦记的感觉，自己完完全全又成了孩子，他为自己这几天的狂妄自大感到羞愧，竟然以独自面对寂寞孤独这种虚无缥缈的乐趣换来特殊待遇。

　　隔壁房间里电话响了。他听到母亲接听电话的声音，听到的是零星的几个字："埃德加……回来……过来了……上一趟火车。"他感到奇怪，她居然没有对他一通训斥，只是用这样可疑而含蓄的目光望着他。他心中的悔意越来越深，他真想摆脱祖母和姑姑的悉心照料，走到里面去，请求她的原谅，完全乖巧地、单独告诉她，希望自己重新做个孩子，听她的话。可是，当他此刻轻轻地站起来，祖母吓了一跳，低声问道："你想去哪儿？"

　　他羞愧地愣在那里。只要他一动，他们就害怕。他吓坏了所有的人，他们现在怕他会重新逃走。他们怎么能够明白，他比任何人都更后悔这次的出逃。

饭桌已摆好了，他们给他赶做了一顿晚餐。奶奶坐在他旁边，目不转睛地盯着他看。奶奶、姑姑以及女佣悄无声息地把他围在中间，他从这样的温暖中感到自己异常平静。只是母亲没有到房间里来，让他感到很纳闷。要是母亲知道他现在有多听话，她准会过来的！

外面有辆汽车嘟嘟嘟地驶来，停在大楼门前。大家全都吓了一跳，埃德加也不由得忐忑不安起来。祖母走出门去，响亮的声音不断地穿过黑暗传到他的耳畔，他一下子明白过来，原来是父亲来了。埃德加胆怯地注意到，他此刻又是独自一人待在房间里，而就连这种微不足道的独处也使他感到茫然失措。父亲很严厉，是唯一真正让他害怕的人。埃德加细听外面的动静，父亲似乎很激动，说话声很大，口气很恼火。此时，祖母和母亲的声音听上去令人欣慰，显然是想让他说话更宽容些。可他的声音依然很生硬，就像他的脚步声一样生硬，此刻他的脚步声走近了，离他越来越近，已经到隔壁房间，快靠近门口，现在房门打开了。

父亲身材魁梧。他走进来时，神情暴躁，似乎真的怒气十足，埃德加站在父亲面前，感觉自己格外矮小。

"你这家伙，你怎么会想到出走的？你怎么能这样吓唬你母亲呢?"

他的声音里含着愤怒,双手在急促地舞动。母亲迈着轻轻的脚步,跟在他后面进来了。她的脸上布满愁云。

埃德加没有回答。他觉得必须为自己辩护,可是,他又该如何说出这种事,说是有人欺骗他并且殴打他吗?父亲能明白他说的事吗?

"怎么,你没法说吗?怎么回事?你可以大胆说呀!是不合你的心意吗?你这出走,总得有什么理由吧?难道有人伤害你了吗?"埃德加还是迟疑不决。想起那些事情,他又开始愤愤不平起来,正想一股脑儿地倾吐自己的怨恨。可就在这时,他看到——他的心跳都快要停下了——母亲在父亲的背后做了个奇怪的动作。这个动作他起先没有明白过来。可此刻,她盯着他,眼里满是恳求。她轻轻地、很轻地举起手指放到嘴边,示意他沉默。

孩子感觉到,突然有股温暖的东西传遍他的全身,那是一种巨大无比的幸福感。他明白她想让他保守秘密,她的命运就维系在他这个孩子小小的嘴唇上。她信赖他,一种自豪感充满他整个身心。他忽然产生了一种牺牲精神,有了一种还要加重自己过错的意志,只是要表明自己有多么值得信任,自己有多么像个男子汉大丈夫。他顿时打起精神,说道:"不,不……没有什么理由。妈妈对我很好,可我不听话,我表现不好……所以……所以我就出走了,因为我害怕。"

父亲大惑不解地看着他。他什么都想到了,唯独没有想到他竟然会有这样的表白。他的怒气顿时消了。

"哦,如果你觉得很抱歉,那就没问题了。那我今天就不想再说什么了。我想你下次再好好想想吧!这样的事不要再发生了。"

他站在那里看着埃德加,声音和气多了。

"你的脸色看起来多苍白呀。可我觉得你又长高了一点。我希望你不会再做这种幼稚的事了,你真的不再是孩子,完全应该做个懂事的人!"

埃德加整段时间一直在看着母亲。他觉得她的眼里仿佛有什么东西在闪动。难道仅仅是灯火的反光?不,她的眼睛湿润而明亮,嘴角露出一丝微笑,那是对他表示感谢的微笑。有人安排他去睡觉,但他并没有对大家让他一个人待在床上感到悲伤。他有那么多的事情,那么多形形色色、各式各样的问题要仔细思考。最近几天的所有痛苦,全都消失在他这最初经历的强烈感受之中。因为对未来的大事产生了神秘的预感,他感觉自己好像被陶醉了。外面一片漆黑,树木在昏暗的夜色里簌簌作响,可他丝毫不感到害怕。自从知道人生有多么丰富多彩之后,他对人生所怀有的焦躁不安全都消失了。他觉得今天好像第一次赤裸裸地看到了人生的真相，不再被儿童时代成千上万个谎言蒙蔽，而是显露在难以想象的致命的美丽中。他未曾料到，日子可以在多种多样的痛苦和欢乐之间持续不断地相互转换，而想到自己还将面对那么多这样的日子，尚未开启的整个人生在等着他去揭开所有神奇的面纱，他就感到高兴。他对千姿百态的现实有了最初的预感，他第一次觉得自己明白了人的本质，即便他们似乎彼此敌视，也同样彼此需要，而被他们喜欢着又是多么甜美。他不能够怀着仇恨想到某物或者某人，他对任何事都不后悔，就连对男爵这个引诱者，他最痛恨的敌人，他也有了一种充满感激的全新感觉，因为正是男爵给他的情感世界打开了大门。

此刻在黑暗中，想起这一切甜蜜而舒心，同时又被那些五花八门的梦境轻轻迷惑着，他差点儿就睡过去了。这时他觉得门好像忽地打开了，有人轻轻地走进来。他起先不太相信自己的感觉，他太困了，不想再睁开眼睛。可他感觉到自己的身体上方有人在喘气，一张脸在贴向他的脸，那么柔和、温暖而温馨，他知道那是母亲，她此刻在亲吻他，用手抚摸他的头发。他感觉到了亲吻，感觉到了眼泪，并轻轻地以自己的爱抚作为回应，将母亲的这种表示当作是双方的和解，当作是对他沉默的感激。

直到后来，多年以后，他才在这种沉默的泪水中认识到，这是一个韶华已逝的女人的许愿，从现在开始她只想属于他，只想属于她的孩子，那是对风流韵事的回绝，是向所有贪婪的欲望告别。他不知道，她也在感谢他，把她从一桩毫无指望的艳遇中解救出来，并用这种拥抱把又苦又甜的爱的重负像是一笔遗产那样托付给了他未来的人生。孩子当时对所有这些东西还不明白，可他感觉到被人如此深爱着真是太幸福了，而由于这样的爱，他已经和这个世上最伟大的秘密联系在一起了。

后来，她的手放开了他的手，她的嘴唇离开了他的嘴唇，轻盈的身影悄然离开，温暖和气息依然驻留在他的嘴唇上。他陡然产生了一种快乐的渴望，渴望还能常常感觉到如此柔软的嘴唇，还能享受如此温柔的搂抱，但对自己期望已久的秘密所怀有的预感已被睡意绵绵的阴影笼罩。这几个小时里所有光怪陆离的画面又一次从他脑海里掠过，他青年时代的这本书又一次被诱惑性地翻开来了。然后，孩子安然入睡，他人生中更为深沉的梦开始了。

III.

一个女人一生中的二十四小时

战争爆发前十年，有一次我在里维埃拉度假，住在一家食宿全包的小旅店里。一天，我们餐桌上发生了一场讨论，没想到愈演愈烈，由激烈的辩论变成粗暴的争执，最后甚至到了彼此恶语中伤的地步。世人大多缺乏想象力，事情若不直接牵涉自己，若不像尖刺般狠狠扎进脑子里，他们绝对无动于衷；可一旦有点儿什么，哪怕只是一件微不足道的事，只要和自己直接相关，发生在眼前，触动了神经，便立刻会情绪过激。于是他们一改往日的漠不关心，趁着机会大大发泄。

这一次，我们一桌就餐的人也同样如此。大家全都来自地道的中产阶层，平时在饭桌上和和气气地闲聊，彼此之间开些无伤大雅的小玩笑，大多时候吃完饭马上各走各的：德国夫妇喜欢踏青、摄影；胖嘟嘟的丹麦人忙于无聊的垂钓活动；英国贵妇人沉浸在她的书海里；那对意大利夫妇，则是到赌城蒙特卡洛碰碰手气；我呢，要么躺在院子里的椅子上消磨闲暇时光，要么埋首于自己的工作。可这一次，饭桌上的讨论太激烈，大家都没有离开。倘若看到有人冷不防一跃而起，那就不是往常那种彬彬有礼的告辞，而是因为愤怒至极发脾气了。这种愤怒，如我刚才提到的，简直可谓粗暴。

不过，把我们这一小桌人搞得不欢而散的这件事情确实够蹊跷的。我们七个人借住的这家旅店，从外表看像是一幢独立的别墅——你瞧，从窗口遥望岩石嶙峋的海边，那风景何其美哉——不过，它实际上只是旁边宏大的皇宫饭店的分部，收费相对低廉；旅店和皇宫饭店之间有花园相连，两边的客人们经常保持来往。前一天，皇宫饭店里出了一件不折不扣的丑闻。有一位年轻的法国男子，乘坐午班火车，于十二点二十分抵达饭店（我之所以不得不把这一确切时间记录下来，是因为这个时间无论对这个小插曲本身还是对引发激烈争执的话题都同样重要），租下了一间海景房，这一点本身就说明他的经济状况相当不错。但是，给人留下深刻印象的不只是他那含而不露的风度，主要还在于他那异常英俊的外表实在讨人喜欢：一张少女般修长的脸上，热情性感的嘴唇上长着丝一般的金黄色小胡子，白皙的额头上摇曳着柔软的波浪形棕色鬈发，双眼柔情似水，只一瞥便令人生出万种温情——处处皆可显出他气质温雅，八面玲珑，但毫无矫揉造作或是忸怩作态。远远看去，他会叫人联想到大时装公司橱窗里那些自负的玫瑰色蜡像，握着华贵的手杖，代表着理想的男性美。凑近细看，他却绝无任何花花公子的印象，因为(这个实在太过少见)他身上的可爱确是天性的、与生俱来的，仿若发自肌肤。他从我们面前走过，对大家一一问候致意，神情谦卑而又不乏热情。他时时保持优雅的风度，大方自如，毫不勉强，看着真叫人舒服。看到有女士到衣帽间去取衣服，他就赶紧上前帮忙；对每一个小孩，他都报以和蔼的目光，或是说上一句逗人发笑的话，显出他的随和又机智的性情。简而言之，他似乎就是那种幸运儿，凭着漂亮的脸蛋和青春的魅力便可以取悦于人，屡试不爽之后信心倍增，这种信心进而演变成翩翩风度。饭店的客人中，大多上了年纪，而且体弱多病，他的出现无疑是一件功德无量的善举，岁月将如此美好的翩翩风度赋予了他，于是他迈着青春的胜利步伐，挟带着无忧无虑和蓬勃朝气的劲风，不可阻挡地赢得了众人的好感。他来这里不过两小时，就和来自里昂的工厂主的两个女儿打起羽毛球来了。工厂主长得很胖，大腹便便，两个女儿一个是十二岁的安纳特，另一个是十三岁的布朗希，她们的母亲昂里埃特太太秀丽、纤弱，比较内敛，微笑地看着两个羽翼未丰的女儿本能地卖弄风情，和这个陌生的青年恣意调情。晚上，他在我们玩棋时观战一个小时，其间还悠闲地讲了几则逸闻趣事，然后陪着昂里埃特太太在海边露台上来回溜达了很久，而她的丈夫则和平时一样，同一个生意场上的朋友玩多米诺骨牌。夜里，我又注意到他跟饭店的女秘书在办公室的阴影里促膝谈心，亲密得叫人生疑。第二天早上，他陪着我那位丹麦伙伴出去钓鱼，他在垂钓方面的丰富知识令人叫绝。随后，他又跟那位来自里昂的工厂主畅谈政治，证明他在这方面也同样在行，因为大家听到胖先生的爽朗笑声竟然盖过了波涛的声响。吃完午饭（我这么按照时间顺序逐段记述他的行踪，对于了解事实真相是完全必要的），他又一次独自陪同昂里埃特太太在花园里喝不加牛奶的咖啡长达一个小时之久，之后再跟她的两个女儿一起打了一场网球，和那对德国夫妇在大厅里闲聊了一会儿。六点的时候，我出去寄信，在火车站那里遇见了他。他急忙向我走来，好像必须向我道歉似的，告诉我说，有人突然来信要他回去，不过两天后他又会回来。到了晚上，餐厅里果然见不到他了，可是，只是见不到他这个人而已，因为在所有的饭桌上，所有的人全都在异口同声地谈论他，都在啧啧称道他那种轻松愉快的生活方式。

夜里，十一点左右，我坐在房间里，准备看完一本书再休息。突然，通过敞开的窗户，我听见花园里传来急迫的叫嚷声，又看到那边饭店里骚动不宁。我感到好奇,但更多的是感到不安,立刻急匆匆地跨过酒店中间五十步路,到了饭店那边才发现,无论是那里的客人,还是宾馆的工作人员,全都慌里慌张乱作一团了。原来,昂里埃特太太每晚都会独自到海边露台散步,丈夫则按照平时的习惯陪着来自那慕尔的朋友玩多米诺骨牌,可今天到这时她还没有回来,大家担心她遭遇不测。这位丈夫平时动作迟钝、慢条斯理,这时却活像一头野牛,一次次冲向海边,朝着夜空发出歇斯底里的叫喊声:"昂里埃特!昂里埃特!"由于激动,他的声音都变了,听上去像是某种巨兽临死前发出的可怕而原始的声音。服务员个个神情慌张,急急忙忙地跑上跑下,客人全都被吵醒了,饭店方面也给警方打了电话。就在这一片慌乱之中,那位肥肥胖胖的丈夫,敞着背心,迈着沉重的步子,跟跟跄跄地来回走动着,对着夜空一边抽噎一边呼喊,发疯似的叫嚷着"昂里埃特!昂里埃特"。这时,楼上的两个女孩也被吵醒了,穿着睡衣站在窗口,对着楼下喊着"妈妈",那位父亲又急忙赶到楼上去安慰她们。

接着发生的一幕可谓惊心动魄,简直难以描述,因为当人遭遇太过沉重的打击,他的情绪会高度紧张,那一瞬间的表情充满强烈的悲剧意味,因此,不论图画或语言,都无法以同样惊天动地的力量予以再现。突然,那位大腹便便的丈夫踩着嘎吱作响的楼梯走下楼来，神情大变，满脸倦容，可是怒火中烧。他手里拿着一封信。"请您把所有的人都叫回来吧！"他对饭店方面的负责人说道，声音虽然很轻，但刚好让人听明白，"请您把所有的人都叫回来吧，不用找了。我的太太已经撇下我一走了之了。"

这个受到致命打击的人，性格里有着超过常人的镇静自若，面对周围那么多人，还能竭力控制住自己。所有的人都好奇地挤过来看他，可一个个因为感到吃惊、不好意思和不知所措，突然又纷纷散开了。他还依然保持着镇静，从我们身旁走过时，尽管晃晃悠悠，但目不斜视，还顺手关了阅览室的电灯。随后我们才听见他那笨重而臃肿的身躯倒在靠背椅里，发出一声闷响，紧接着便听到一阵野兽狂嗥似的啜泣声，只有从未哭泣过的人才会这样哭泣。这种深切的悲痛，对我们每一个人，包括最微不足道的小人物，都有一种麻醉性的感染力。那些服务员，那些因为好奇而悄悄过来的客人，谁都不敢露出一丝微笑，另一方面，谁都不敢说出一句表示惋惜的话来。面对这一场摧枯拉朽般的情感发泄，大家似乎也感到无地自容，于是一个个默默无言地、悄没声息地溜回自己的房间，唯有这个被击倒的人，孤零零地在那间黑咕隆咚的房间里抽搐、啜泣。饭店里的灯光渐次熄灭，有人还在悄声讨论，窃窃私语。

这样一起事件,犹如晴天霹雳,就发生在我们眼前,触动我们的感官,不言而喻,它或许恰好让平素习惯于枯燥乏味并且无忧无虑地消磨时光的人们产生了兴趣。我们餐桌上爆发的那场辩论,后来愈演愈烈,几近闹到动手打人的地步,不过,它的起因虽说是这一桩惊人奇案,但实质上不如说是一场涉及原则问题的论战,是水火不容的人生观之间的愤怒冲突。那个万念俱灰的丈夫,在束手无策和急火攻心之下,将看完的那封信揉成一团随便扔到地上,却叫一个女仆看到了,不知怎么就将内情泄露了出去,立马让全世界的人都知道了。原来,昂里埃特太太并非单独一人出走,而是和那个年轻的法国人私奔了。这么一来,大多数人对那个法国人的好感顿时化为乌有。这位小包法利夫人抛弃自己那个大腹便便的土包子丈夫,换上一位风流倜傥的美男子,这事乍一看来,完全可以理解。可是,让饭店里所有人都感到愤懑的是:无论是那位工厂主、他的两个女儿,还是昂里埃特太太本人,过去都未曾见过这个色鬼一面。这样说来,仅凭晚上在海边露台上一次两个小时的交谈,加上一次在花园里一个小时的同喝咖啡,就足以让一个三十三岁上下、名声清白的女人动了芳心,一夜之间弃夫别子,不假思索地跟随一个素不相识的花花公子远走天涯吗?现在,我们全桌的人拒绝了这种所谓看似一目了然的事实真相,认为那只是这对情人阴险的假象和狡猾的伎俩而已。显而易见的是：昂里埃特太太和那个年轻人暗中交往多时，这位公子哥儿这次过来，仅仅是为了敲定私奔的细节，因为——大家这样推论——一位规矩正派的太太，和别人相识不过两小时，人家忽悠一声，便立刻抛夫弃子，离开家人而去，这是完全不可能的事。我想这时候提出自己的想法倒也有趣得很，便竭力进行辩护说：有一种女人，多年来对婚姻生活颇感失望和无聊，因此内心里早有思想准备，遇到有力的进攻就会立刻以身相许，这种可能性是存在的，甚至还极大。

我一提出这个预料之外的反对意见，马上激起大家的普遍争论，在场的两对夫妇尤其激动，无论是德国夫妇，还是意大利夫妇，均把所谓的一见钟情斥之为痴人说梦，是低俗小说里的胡思乱想，他们对此嗤之以鼻，感觉受到了侮辱一样。

这场争吵从喝汤时开始，到吃完布丁时结束，现在再在这里详细追述其间种种狂风骤雨般的过程，已经无关紧要了，只有在膳食公寓里吃饭的常客们才能说出富有见地的话来，而一般人偶尔在饭桌上的争执，仅仅是一时兴起，匆忙之中信手拈来的多半也是陈词滥调，老调重弹。我们这次的争论何以急转直下，竟然到了难以收拾的地步，这点也很难解释清楚了。我想，火气始于两位神经过敏的丈夫，他俩情不自禁地表白，认为自己的太太绝不可能做出这样肤浅轻率的事情来，可惜他们又找不出有力的证明，只好对我说：仅凭某个单身汉碰巧轻易征服某个女人的个例，便来判断女性心理，只有这种人，才会说出如此的话来。这种论调已经多少有些让我恼火，那位德国太太竟然还以教训人的口气给我上课说：世上的女人分两种，一种是正派女人，另一种是"天生的婊子"。照她看来，昂里埃特太太就属于这后一类女人。她的话音刚落，我可沉不住气了，言辞也变得激烈起来。我说，一个女人一生里确有某些时刻，会屈从于某种神秘莫测的力量，既违反本来的意愿，又不明就里，这是不争的事实，而你硬不承认，不过是掩盖你的恐惧心理：害怕自己的本能，害怕我们天性中的妖魔成分。有些人觉得自己比那些易受诱惑者更坚强、更道德、更纯洁，似乎就感到心满意足了。我个人倒是觉得，一个女人自由自在、满怀激情地听从自己本能的召唤，要比常见的那种依偎在丈夫怀里闭着眼睛欺骗他更为诚实。我大致就是这么说的，在这种火药味渐浓的对话中，别人越是诋毁可怜的昂里埃特太太，我就越是起劲地为她辩护，其实这已远远超出了我的真实情感。对那两对夫妇，我这么慷慨陈词，实在是公开挑战。他们四个人仿佛还算和谐的四重奏，团结一致，咬牙切齿地向我发起反攻。那位丹麦老头，一脸的春风，像个足球裁判似的手里握着秒表坐在一边，看到我们争论到不可开交的时候，就用指关节在桌子上敲几下以示警告："先生们，请注意风度！"但他这一招只能管用一会儿工夫。有一位先生，脸涨得通红，已经从桌子上跳起来三回了，他的太太费劲地劝了老半天，他才平静下来。总之，再有十几分钟时间，我们的争论就可能以大打出手收场，这时多亏了Ｃ太太插嘴说话，她像个和事佬一样，这场危机四伏的口舌之争才逐渐平息下来。

Ｃ太太是一位英国老太太，她一头白发，气质高雅，是我们默认的名誉桌长。她笔挺地坐在自己的座位上，对每个人都同样和颜悦色，虽然话不多，但总是兴致勃勃地倾听他人的讲话，那副模样真叫人心情愉悦，单单她的仪容仪表就叫人心旷神怡，她身上的贵族气派，散发出一种奇妙的淡泊和宁静。她对每一个人都保持着一定的距离，同时又恰到好处地让每个人都感觉到她的和蔼可亲。她大多坐在花园里看书，有时弹弹钢琴，很少见她同别人相处在一起，或者与人促膝长谈。大家都不太注意她，但她对我们所有的人自有一种异乎寻常的力量。就像现在，她第一次参与我们的对话，大家不约而同地有一种尴尬感，知道自己嗓门太高，有失身份了。

当时正好那位德国先生猛然跳起身来，接着又被人拉回到桌边重新坐下，于是出现了一段令人难受的沉默。Ｃ太太趁机加入了谈话。她出乎意料地抬起她那双晶莹剔透的灰色眼睛，犹豫不决地看了我一会儿，然后以近乎客观冷静和直言不讳的口吻，按照她的理解接过这一话题。

"如果我理解正确的话，您真的认为，昂里埃特太太，一个女人，会被无辜地卷入一场突如其来的风流艳遇之中，您真的认为有些行为，一个女人一小时前连自己都认为不可能发生，她也难以对这些行为负责，是这样吗？"

"我对此坚信不疑，尊敬的夫人。"

"这么说来，任何道德的评判全都毫无意义，任何伤风败俗的事情全都合情合理。要是您真以为，法国人所说的激情之罪算不得什么罪行，那么，国家的司法机构还有什么用呢？在这类事上，人的善心可并不多见，不过您的好意却是多得惊人。"她微微一笑，又补充道，"按您这么说，那就可以在每一桩犯罪行为里找到激情，然后根据激情为之开脱了。"

她说这番话时，语调清晰，几近快乐，让我感觉格外舒服，于是我也不由自主地模仿着她那客观冷静的口吻，同样半是玩笑半是认真地回答说："国家的司法机构判断这类事情，当然要比我严厉得多。毫不留情地保护人类普遍的习俗传统是它们的职责，因此它们必须做出判决，而不是宽恕。可是作为一介平民，我看不出为什么非要自动承担检察官的角色不可，我宁愿选择做一个辩护人。就我个人而言，理解别人要比审判别人更快乐。"

C太太用她晶莹剔透的灰色眼睛直瞪瞪地盯着我看了好一阵子，一副欲言又止的表情。我担心她没有听明白我的话，正打算用英语把刚才说的话再重复一遍。可是，她又接着发问了，态度严肃得叫人惊讶，简直像在考试提问。

"一个女人，抛下自己的丈夫和两个孩子，随随便便跟人远走天涯，自己都根本不知道那人是否值得她去爱，您不觉得这样的事卑鄙下流吗？一个女人，自己不再是如花少女，就是为了孩子也该培养自己成为自尊自爱的人，却做出如此举止轻浮、行为不检的事来，您真的认为可以宽恕这样一个女人吗？"

"我向您重复一遍，尊敬的太太，"我坚持道，"对这种事，我拒绝做出判断或者审判。我可以向您坦承，我刚才有点夸大其词了，这位可怜的昂里埃特太太无疑不是什么女中豪杰，甚至也不是天生的女冒险家，更遑论什么伟大的情人了。据我所知，我觉得她只不过是一个柔弱的寻常女子，我对她多少怀有敬意，是因为她勇敢无畏地顺从了自己的意志，但是我更多的是为她感到惋惜，因为要不是今天，那么就是明天，她一定会陷入深深的不幸之中。她的行为或许很愚蠢，肯定过于草率，但绝不卑鄙无耻，倘若有谁鄙视这个可怜而不幸的女人，那么我将一如既往地坚持去驳斥他。"

"那么您自己,您到现在是否还对她怀有同样的尊敬和尊重呢?一个是前天和您在一起的正派女人,另外一个是昨天和素昧平生的男人私奔的女人,对这两种女人,您完全不加区别吗?"

"完全没有。毫无区别,一点区别也没有。"

"真的吗?"她不由得说起英语来了,整个谈话似乎明显触动了她的某根神经。沉思片刻之后,她抬起清澈的眼睛望向我,又一次疑惑地问道:"假如明天,我们假定在法国尼斯,您又遇见昂里埃特太太正跟那个年轻人手挽着手,您还会向她问好吗?"

"当然。"

"还会和她攀谈吗?"

"当然。"

"您会不会,如果您……如果您结了婚,将这样一个女人介绍给您的太太,就仿佛什么事也没发生似的?"

"当然。"

"您真会这么做吗?"她又说起英语来了,满是怀疑和惊讶的神情。

"我一定会这么做。"我不由得同样用英语回答。

C太太默不作声了。她似乎还一直在绞尽脑汁地思考。突然,她仿佛对自己的勇气感到吃惊,一边看着我,一边说道:"我不知道自己会不会那样做。说不定我也会那样做的。"说完,她以一种无法形容的自信站起身来,亲切地向我伸出手来,只有英国人才善于以这种方式结束谈话,却又不显得唐突失礼。在她的影响下,我们的餐桌复归宁静,大家全都发自内心地感激她。正是有了她,我们这些刚才还是势不两立的人,此刻都还算礼貌有加地互相致意,大家相互间说过几句轻松的玩笑话之后,原来紧张到岌岌可危的气氛就此重新缓和下来了。

我们的争论尽管最后以彬彬有礼的形式收场,但当时那种恼怒毕竟激烈了一些,使得我和我的对手之间产生了某种隔阂。德国夫妇表现得态度冷淡,意大利夫妇则在后面的几天里,一再连讥带讽地问我,是否了解到"尊敬的昂里埃特太太"的一些最新消息。大家虽然表面上还是一副温文尔雅的样子,但餐桌上从前那种坦诚相见、不拘小节的亲密关系,如今已不复存在了。

那次争论过后,C太太对我特别和蔼可亲,相比之下,我当时那几个对手的嘲讽和冷漠的态度就显得越发突出了。C太太平时一向非常拘谨,在吃饭时间以外几乎从不喜欢找我们一桌的人闲聊,现在却常常找机会在花园里和我攀谈,我实在可以这么说,她是在找机会不断恭维我,因为她平素气质高雅,格外矜持，和人进行一次单独交谈，就是对他偏爱有加了。真的，坦率地说，我还必须说，她简直是故意找上我来，寻找一切机会和我交谈，而且做得如此显而易见，她若不是一个白发苍苍的老太太，我真会想入非非了。可是，等到我们一聊开，话题却不可避免地重新回到那个出发点，回到昂里埃特太太身上。她指责这个不守本分的女人水性杨花、意志薄弱、不可信赖，她这么说似乎可以从中获得某种神秘的快感似的。然而与此同时，看到我坚定不移地同情这位柔弱秀丽的女人，说什么也无法改变我的初衷，她似乎又对我这种坚定不移的态度深感快慰。她一再将我们的谈话引向这个方向，到最后我都弄不明白，对她这种几近怪癖似的离奇的始终不渝，究竟该如何去想才好。

这样过了几天，大概五六天的样子，她却未曾透露哪怕只言片语，为何和我进行这样的谈话对她非常重要，但事情确实如此，我已看得一清二楚。有次散步时，我偶然提到，我在这里的时间快要结束，准备后天动身离开，就在这时，她素来平静安详的脸上突然露出异常紧张的表情，宛若一片乌云从她那双灰蓝色的眼睛里掠过："太遗憾了！我原本还有很多很多话要跟您说呢。"从这一瞬间开始，她显得心不在焉和心烦意乱，可以明显看出在她说话时正想着其他心事，让她为之念念不忘，分散心神。最后，这种神思恍惚的样子似乎让她的行动也变得有些错乱起来，在突然沉默片刻之后，她出其不意地向我伸出手来："我发现自己难以说清楚究竟想要和您说什么。我还是给您写信吧。"说完她疾步向公寓走去，步履急促，完全不是我平日所见的模样。

果然，当天晚上，就在晚餐之前，我在房间里发现了一封信，正是她那遒劲大方的笔迹。遗憾的是，我处理年轻时的书信文件相当草率，因此没法在此引用原文，只能给出大致的内容，我记得她在信上问我，能不能听她讲述一些她的人生经历。她在信上说道，那段小插曲如今已成往事，实际上和她现在的生活几无牵连，再说我后天就要动身离开，所以把二十多年来埋在她内心深处一直摧残和折磨的事情向我倾诉，也就不觉得难以启齿了。她说，如果我对这样一次谈话并不感到冒昧，她很想求我给她一小时的见面时间。

我在这里只是记下了那封信的主要内容，那封信当时深深地吸引了我。信是用英文写的，单是这一点就赋予它高度的清晰和果断。可是真要我回信，却又难以下笔，我撕掉了三次草稿，才写好回信：

"您对我如此信任，真让我感到荣幸之至，倘使您要求我，那么我要向您保证诚实地做出回答：凡是您心里不愿吐露的，我自然不敢强求。但是，既然要说，就请对您自己和我如实相告吧。我将您对我的信任视为一种莫大的荣幸,请您相信我。"

这封便笺晚上送到了她的房间里,第二天早上我又发现了一封回信:

"您说得很对,只说出一半事实真相毫无价值,只有说出全部才有意义。我将竭尽全力,做到既不对我自己,也不对您有丝毫隐瞒。请您晚饭后到我房间里来吧,我一个六十七岁的老人,不用害怕流言蜚语了。因为在花园里,或是身边人多的地方,我都无法从容开口。您该相信,叫我下定决心,实非容易啊。"

白天,我们在餐桌上还见过面,彬彬有礼地谈了些无关紧要的事情。可是,饭后到了花园里,她就开始回避我,眼神中带着显而易见的不知所措,我既感到难堪,又深受感动,这位白发苍苍的老太太竟然如羞涩的少女一样逃进了一条两旁种有意大利五针松的林荫道中。

晚上,我如约来到她的房门前敲了两下,房门立刻应声打开:房间里灯光暗淡,只有桌上的一盏小台灯将一道黄色灯光投射到平时昏暗朦胧的房间。C太太无拘无束地向我走来,让我在一张靠背椅上坐下,自己坐在我的对面。我发觉,她的每一个动作都是她精心安排好了的,可即使这样还是出现了冷场,显然有违她的初衷。冷场是因为她迟迟不做出艰难的决定造成的,冷场时间越拖越长,可我也不敢冒冒失失地开口打破僵局,因为我感到,这里有一种顽强的意志正在和一种顽固的阻力拼命较劲。华尔兹舞曲断断续续的乐声,不时隐隐约约地从楼下的聊天室里传来。我凝神谛听,仿佛是想要减轻寂静无声带来的沉重压力。她似乎也为沉默造成的不自然的紧张局面感到难堪,因为她突然振作精神,像要纵身一跃,赶紧开口说道:

"只有第一句话最难说出口。我要把话说得清清楚楚、真真切切,为此我已经准备了两天时间,但愿我能做到这一点。您现在或许还不能明白,为何我要向您,一个素不相识的人,讲述所有这一切。可是,每一天,甚至每小时,我无时无刻不在想着这件往事。您可以相信我一个老太太说的话,倘若整个人生盯住她人生唯一的一个点,盯住那唯一的一天,那是叫人受不了的。因为我要告诉您的这件事,仅仅发生在我六十七年生命中的二十四小时之内,而我常常告诉自己,几乎到了神经错乱的地步:即便人一生中在那么一瞬间干了件荒唐透顶的事情,那又怎么样呢。可是一个人难以摆脱我们称之为良心的东西,当然,良心这个概念是很难把握住的。上次听您客观冷静地谈论昂里埃特事件,我当时就在暗自思忖,如果我能够痛下决心,在一个人面前自由自在地倾诉我一生里那一天的经历,那么我这种毫无意义的往事追忆和那种没完没了的自怨自艾也许就能早日结束。我若信奉的是天主教,而不是英国国教,早就利用忏悔的机会,说出这件隐瞒已久的事以求解脱。可我得不到这种安慰,所以我今天才会做出这种离奇的尝试,冀望通过向您叙述而为自己开脱。我知道,这一切太离奇,可是,您已经毫不犹豫地接受了我的提议,我对此要向您表示由衷的感谢。

"不错,我已经说过,我要向您叙述的仅仅是我一生中唯一的那一天——其余的一切在我看来毫无意义,对别人来说也了无趣味。在我四十二岁之前,我的人生可谓中规中矩,一步也没有越出传统。我的父母是苏格兰富有的地主,我们拥有几家大工厂和许多地产,过着通常所说的贵族生活,一年里大部分时间住在自己的庄园里,只在社交聚会时才到伦敦去。十八岁那年,我在一次社交场合认识了我的丈夫,他是一个名门望族家庭的次子,在印度的部队里服役过十年。我们很快结了婚,婚后在我们的社交圈子里过着无忧无虑的生活,一年中三个月住在伦敦,三个月住在我们家的庄园里,剩余的时间则到意大利、西班牙和法国各地周游。我们的婚姻美满幸福,从不曾蒙上过半点阴影,两个儿子如今也早已长大成人。我四十岁那年,丈夫突然去世。他从前在热带生活过多年,患上了肝病,这次旧病复发,只有可怕的两周时间,我就永远失去了他。我的长子当时已经参加工作,小儿子正在读大学,于是我一夜之间突然陷入寂寞难耐的空虚之中,我原是个喜欢阖家团聚的人,如今孤苦伶仃地生活，实在苦不堪言。在这座孤零零的房子里，睹物思人，丧夫之痛，令人不堪回首，哪怕再让我待上一天，我都觉得已经绝无可能。于是我决定，在我的两个儿子尚未成家的几年时间里，尽可能多出去旅行，以排遣自己的满怀愁绪。

"我基本上认为我之后的生活已经毫无意义、毫无用处。二十三年来与我形影相随、志同道合的人已经作古，孩子们并不需要我，我担心我的郁郁寡欢会影响他们的青春好年华。就我个人而言，我是别无所求、别无所恋了。我起初移居巴黎，出于百无聊赖，出去逛逛那里的商店和博物馆。可是，对周遭的这座城市和景物，我却觉得陌生，我也尽量回避他人，因为我受不了他们看见我穿着丧服而表示惋惜的那种很有礼貌的目光。那几个月，我浑浑噩噩，茫然不知所措，这种吉卜赛人似的日子究竟是如何度过的，我自己都难以说清，我只知道，我有了只求一死的想法，只是无力加速完成这一期盼已久的痛苦心愿。

"守寡的第二年，也就是我四十二岁那年，三月末我只身跑到了蒙特卡洛。我不承认自己是在逃跑，而是为了打发无意义且又难以消磨的时光。说实话，我之所以到蒙特卡洛去，实在是因为枯燥乏味，是因为内心恶心的折磨人的空虚，这种枯燥乏味和内心空虚至少要用小小的外来刺激才能填补。我越是心如止水，就越是感到有一股强力，将我推往人生陀螺转得最快的地方。对于毫无人生经历的人来说,欣赏他人跌宕起伏的心路历程,依然是一种刺激自己神经感官的体验,观摩戏剧或是聆听音乐也同样如此。

"因此我也经常到赌场去。看到别人的脸上喜形于色或者惊愕万分的表情犹如惊涛骇浪反复地涌来涌去,我的内心却始终处在可怕的退潮状态,这倒对我是一种刺激。此外,我丈夫虽说不是放荡的人,但生前也喜欢偶尔光顾一下赌场,而我也算怀着某种虔敬的心理,依然无意间忠诚地保持着他以往的习惯。正是在那个赌场上,开始了那二十四小时,它要比任何赌博都更为激动人心,我的命运多年来一直为之深受困扰。

"那天,我还和我家的一位亲戚冯·M公爵夫人一起共进午餐。晚饭过后,我感觉还不累,没法立即上床睡觉,于是去了赌场,自己不下注,只是在赌桌之间来回溜达,以特殊方式观看各色赌客。我说'以特殊方式',那是我先生生前教给我的方法,因为有一次,我看人家赌博看厌了,向他抱怨说,老是盯着那几张脸看,太乏味了,那些干瘪的老太婆坐在椅子上每隔几小时才敢下一回注,那些老奸巨猾的职业赌徒,以及那些玩纸牌赌博的卖弄风情的女人,所有这些乌七八糟、形迹可疑的家伙突然被凑在一起,您肯定知道,在拙劣小说里他们总是被描绘得有声有色,仿佛都是些谦谦君子和欧洲贵族,而其实这种诗情画意和浪漫色彩的成分要大打折扣。实际上，二十年前的赌场远比现在吸引人，赌桌上滚来滚去的还都是些看得见摸得着的现金，沙沙响的纸钞，金光闪闪的拿破仑金币，发出叮当声四处乱舞的五法郎银币，而在如今豪华时尚的新建赌场里，聚集着的则是一批市民观光客，索然无味地将自己手上一把毫无特色的筹码输个精光便算完事。可是就在当年我已经觉得这些面孔个个千篇一律、神情漠然，对我鲜有吸引力。我丈夫嗜好一种以手看人的手相术，于是他教给我一种非常别致的欣赏方法，那种欣赏方法确实要比懒懒散散地闲站在一边有趣得多，兴奋得多，紧张得多。具体方法就是你永远不要去看一个人的脸部，只盯着桌子的四角形，而在桌子的四角形里，又只盯着人的手，只盯着手的特殊动作。我不知道您是否碰巧也去过那儿，眼睛只盯着绿色的赌桌，只盯着那一块正方形绿地。在那正方形绿地的正中央，有一颗圆球在滚动，像个醉汉似的跌跌撞撞，从一个数字跳到另一个数字，然后，一张张飞舞的纸钞、一块块圆溜溜的金币银币纷纷落入一个个分隔成四角形的方格内，犹如播种一般，再然后，庄家手里的耙竿像锋利的大镰刀似的将它们悉数收割完，或者把它们当作收割后的一捆稻谷推到赢家面前。从这样的视角进行观察，唯一不断变化的就是手——绿色的赌桌四周有许许多多的手，或处变不惊，

175

或举棋不定,或静观默察,所有的手都从各自不同的袖管里向外窥探,就像是准备一跃而起的猛兽,个个形状不一,颜色不同,有的光溜溜没有任何装饰,有的戴着戒指和丁零作响的手链,有的像野兽长满毛发,有的似鳗鱼湿滑弯曲,却由于心急如焚,全都紧张不安,微微颤抖着。看到这种场景,我总是情不自禁地想到赛马场。比赛开始前,首先要使劲勒住亢奋不已的马匹,不让它们抢先跑出,而这些马匹也同样全身战栗、昂起头颅、扬起前蹄。通过这些手,只需观察它们等待、伸出和停留的方式,就可知道主人的本性:手若紧抓不放,主人必是性情贪婪者;手若松弛无力,主人必是挥霍成性者;手若沉稳安静,主人必是工于心计者;手若关节颤抖,主人必是悲观绝望至极;抓钱的姿势可以马上暴露出成百上千种性格,有的人把钞票揉成一团,有的人激动得差不多把它们搓成碎纸,也有的人筋疲力尽,手指肌肉懒得动弹,下注时让钱随意放在那里不闻不问。赌博见人品,这是老生常谈,我知道,可是我想说,赌博时一个人的手更能显示他的人品。因为所有的赌徒,或者说,差不多所有的赌徒,都能很快学会驾驭自己的面部表情——他们都会在上面,在衬衫领子上面,戴上一副无动于衷的冷漠面具——他们迫使嘴角的皱褶松弛下来,将内心的激动隐藏在咬紧的牙关里面,不让自己的眼睛里流露出明显的焦躁不安,他们能把脸上青筋暴露的肌肉平复下来，装扮成一副满不在乎的模样，看上去貌似高贵。可是恰恰因为他们竭力集中注意力去控制自己的脸部表情，控制这个最能显示人的天性的东西，所以却正好忘记了那两只手，也忘记了有人只观察他们的手，从他们的双手中猜出他们强作欢笑的嘴唇和故作漠然的目光所想掩盖的一切。就在那时，那只手便将一个人最隐秘的东西，全然不顾廉耻地暴露在世人面前。因为必然会出现一个瞬间，所有这些费尽心机才被控制住、看似昏昏欲睡的手指，将从高贵的漫不经心中被撬开：那就是转盘里的圆球落进码池，中奖号码被揭晓时那惊心动魄的一秒钟，就在这一秒钟里有一百只手或五百只手都会不由自主地做出发自本能的原始反应，动作因人而异，个性分明。而且，若有谁像我——我是因为丈夫有此癖好而获得特别传授的——一样习惯于观察这个手的舞台，他一定会感觉到，千差万别的性格总是以天壤之别的方式出乎意料地显露出来，它要比戏剧或者音乐更激动人心。我简直难以向您描述，这个手究竟有多少种表演方式：有的像是野兽的手指，毛茸茸地弯曲着，像蜘蛛似的把钱抓在手里；有的烦躁地颤抖不停，露出苍白的指甲，简直不敢去拿钱；有的高尚，有的卑贱，有的残暴，有的羞涩，有的奸诈，有的似乎木讷——但每一只手都显得与众不同，因为每一双手都表现出截然不同的人生，只有那四五个庄家的手才是例外。和那些活跃的手相比，他们的手像是机器，就像计数器上咯咯作响的钢制开关，运转精准，纯粹业务处理，完全置身事外。可是，即便是这几双不动声色的手，因为和那些慷慨激昂、迫切应战的兄弟形成反照，却又显得令人讶异，我想说的是，他们身穿别出心裁的制服，就像警察站在群情激愤、人潮汹涌的暴民中一样。另外，还有一点地方令我乐此不疲，在接连看了几天之后，我竟然熟悉了某些手的很多习惯和爱好。几天以后，我能够在它们中间找到一些熟人，把它们完全当作人似的分成两类，一类是我喜欢的，另一类是我讨厌的。有的手不守规矩，贪婪无比，令我生厌，我总是避开它们，就像避开不堪入目的东西。可赌桌上一出现一只新手，就会引起我的好奇，叫我去见识一番，我常常忘了抬眼去看上面的那张脸蛋，这张高耸在衣服领子上面的脸，只是一副冰冷世故的面具，一动不动地竖立在晚礼服或者熠熠发光的胸脯上面而已。

"那天晚上，我准备好几块金币之后走进赌场，有两张桌子已经被挤得水泄不通，于是我走向第三张桌子。突然，对面传来一阵奇怪的声响，让我颇感意外。那正是个间歇时间，没有人说话，空气高度紧张，有一点隆隆声，像是因为静默带来的。每当跑动的圆球筋疲力尽得快要喘不过气来，只在最后两个数字之间晃荡时，就会出现这样的一个间歇时间，就是在那一刻，我听到了对面传来的那个奇怪的声响，一种噼里啪啦声，就像手关节折断的声音。我不由自主地向对面投去惊讶的目光，我真的吓呆了，我立刻看到那两只从没见过的手，一只右手，一只左手，宛如两头咆哮的猛兽彼此扭作一团，在紧张的肉搏中你揪我打，你抓我挠，结果指关节咔嚓一声，发出砸开胡桃的清脆响声。那两只手美得出奇，狭长纤细，可是肌肉绷紧——丰腴白皙，指甲缺乏血色，指尖柔滑圆润，闪耀着珍珠的光泽。整个晚上我一直盯着那双手看，不错，我为这双手叹为观止，这双手无与伦比，简直可以说是独一无二。但首先使我大感意外的是这双手表现的激情，那种狂热的表情，痉挛似的互相纠缠和彼此坚守。我顿时意识到，这里有一个感情特别充沛的人，他将自己的全部激情浓缩到指尖上，免得被自己体内无处释放的激情击垮。而现在……就在圆球发出轻微的脆响落进注码池，庄家唱出中彩号码的那一秒钟……就在那一秒钟，这双手突然散架了，就像两只猛兽同时被一颗子弹击穿似的。两只手倒下了，双双倒下，不只是筋疲力尽，而是真的死掉了，它们倒下了，如此透彻地表现出那种无力、失望，如遭五雷轰顶、命丧黄泉，我实在无法用言语形容。因为，我以前从未见过，此后也从未见过能说出如此丰富意蕴的双手，每块肌肉都在倾诉，你能感觉到，激情几乎从所有的毛细血管中源源不断地涌出。这两只手在绿色的桌面上躺了一会儿,像是被抛出海面的水母躺在沙滩上,了无生命迹象。然后,其中一只手,那只右手,从指尖开始又慢慢吃力地爬了起来,它颤抖着,缩了回去,转了一圈,又摇摇晃晃地旋转起来,突然激动地抓起一个筹码,犹豫不定地放在拇指和食指的指尖上转动,就像在转动一个小轮子。接着,这只手好似一头豹子,迅猛地弓起身子,将一个一百法郎的筹码弹入或者简直可以说是喷入黑方格中央。那只左手,刚才还无所事事,在一边沉睡,这时却像听到了战斗的号角,马上警觉起来。只见它站起身,悄悄走到或者可以说是偷偷爬到那只瑟瑟发抖的右手跟前,这只兄弟之手仿佛被刚才的一掷耗尽了体力,于是两只手现在微微战栗着躺在一起,无声地用指关节敲着桌子,恰似人得了寒热,上牙直打下牙一样。不,我没有,我还从来没有见过一双如此传情的手,从来没有见过激动和紧张会有如此抽搐般的表达方式。在这个穹顶的房间里发生的其他一切,诸如大厅内外的喧嚣声,庄家小贩叫卖似的吆喝声,人们熙来攘往的热闹景象,圆球从高处抛下,发疯地跳进镶木地板一样光滑的圆形笼子里跳动不已发出的声音——嗡嗡嘤嘤的杂音,五光十色的景象,强烈地刺激着我的神经,可是我突然觉得,除了那两只手之外,所有这一切全都了无生气,僵硬呆滞。那两只手在颤抖不停,大口呼吸,拼命喘息,翘首等待,冻得要死，打着寒战，我就那么目不转睛地盯着那两只闻所未闻的手看，竟然到了如痴如醉的地步。

"可我最后还是按捺不住，非得看看这个人，看看这张脸，这双魔力无穷的手究竟属于谁，于是我提心吊胆地——不错，我真的是提心吊胆，因为我害怕这双手！我的目光慢慢移向他的袖子，移向他那瘦削的肩膀。我又一次大吃一惊，因为那张脸和那双手一样，传递出的同样是随心所欲、荒诞不经，以其近乎女性的美丽温柔表达着同样可怕的坚强意志。我从未见过这样一张脸，一张如此呆若木鸡、完全无动于衷的脸。我有了悠闲自得地去观察它的天赐良机，就像在观察一副面具，观察一座没有眼睛的雕像：那两只着了魔的眼睛绝不左顾右盼哪怕一秒钟，黑色的眼珠在睁开的眼皮下面凝固不动，犹如没有生命的玻璃球，恰好和另一只桃花心木色调的圆球形成反照，那圆球却是疯疯癫癫、目无一切地转动着，最后滚入那只轮盘的圆形小盒子里。不，我不得不再说一遍，我从没见过一张如此紧张、如此迷人的脸。那是一张年轻人的脸，约莫二十四岁，脸型细长，清秀娇嫩，稍显瘦削，然而表情丰富。和那双手一样，那张脸也显得缺乏男子气概，倒更像是一个尽情玩耍的男孩的脸——可是，所有这一切我是后来才注意到的，因为当时这张脸完全隐藏在贪婪和疯狂的背后：小嘴渴望地张开着，露出一半牙齿，十步之内就可看到，上牙和下牙不时地打寒战，两唇始终僵硬地张开着。一绺浅金色头发湿漉漉地粘在额头上，就像摔过一跤，向前耷拉着。鼻翼不住地翕动，仿佛那儿有着无形的细浪在皮肤下面暗涌不止。他一直向前低着头，竟不自觉地越来越向前凑去，可以感觉到，他整个心思已经完全被吸引到了小圆球的旋转之中。直到这时，我才明白为什么那双手如此痉挛似的握在一起，因为只有彼此相握，只有依靠这种痉挛，失去重心的身体方能保持平衡。我不得不一再重复这一点，我从来没有见过一张脸，在激情爆发的时候，可以做到如此直截了当、如此兽性毕现、如此恬不知耻。我凝视着它，凝视着这张脸……我被他如痴如醉的神情迷住了，弄得神魂颠倒，正如他看着旋转的圆球跳动和颤动时着魔似的目光。从这一秒钟开始，我再也注意不到大厅里任何其他东西了，在我看来，和这张脸上熊熊燃烧的火焰相比，一切都显得苍白无力、模糊不清、黯淡无光。我越过所有人，仅仅观察这个人和他的每一个手势，可能长达一小时之久。当此刻，庄家将二十块金币推到他的面前，满足他贪婪的欲念，他那双眼睛顿时光芒四射，两只痉挛似的纠缠在一起的手似乎被炸开了，手指抖颤着四处散落。在这一秒钟里，他的脸突然容光焕发，变得越发年轻起来，皱纹不见了，眼睛开始神采飞扬，原本痉挛似的身体斗志昂扬起来，精神抖擞，敏捷自如——转眼之间，他像个骑士轻松自如地坐在那里，凯旋般的喜悦之情一览无余，他的手指摆弄着那些圆溜溜的金币，自负而充满爱意，彼此发出碰撞声和蹦跳声，弄得叮当乱响。然后，他又心烦意乱地转动脑袋，从绿色桌面上掠过，宛如一只小猎狗，伸出鼻子到处乱嗅，试图找出猎物的踪迹，可突然又一下子抓起整整一把金币，全都扔到前面的一个方格内。紧接着，他又开始了新的翘首等待，开始了新的紧张不安。他的嘴角又像电击似的颤动不已，两只手又痉挛般地纠缠在一起，那张孩子似的脸完全隐藏在贪婪期待的背后。最后，这种抽搐般的焦灼紧张轰然之间分崩离析，化作无尽的失望。这张脸，刚才还像孩子一般兴奋不已，却顿时变得憔悴不堪，惨淡而苍老，目光呆滞，黯淡无光——这一切全都发生在这一秒钟内，就在圆球落入他没有猜中的那个号码里去的那一秒钟。他输了，他对着前方呆视了几秒钟，目光近乎痴呆，仿佛不明白眼前发生了什么，可是，等到庄家鼓动性地高声一吆喝，他立即又伸手抓起几块金币。可是，他的自信心已经丧失殆尽，他先将那几块金币押在一个方格内，却又马上改变主意，押到了另一个方格内，圆球开始滚动后，他一时兴起，举起颤抖的手，又将两张皱巴巴的钞票，迅速押在刚才那个方格内。

"这种抽搐似的输赢，一刻也没有中断过，大约持续了整整一小时。在这一小时里,我那心驰神往的目光片刻也没有离开过这张变幻莫测的脸,各种激情像潮水似的涌上这张脸,又倏尔退去。我的眼睛紧抓住那双魔力无穷的手,它们的每一块肌肉,将喷泉似的时升时落的感情逼真地表现了出来。在这张脸上,我看到了各种各样的色彩和感觉突然地持续不断地变化,就像光和影在一片自然风景上交替出现,即便在剧院里,我也从没有在哪一位演员脸上如此聚精会神过。我看戏的时候,从来不曾如此全身心地沉浸在剧情中,让他人的悲喜忧欢占据我的心。倘若那一刻有人恰好注意到我,他一定会认为我这种目不转睛的凝视是受到了催眠的缘故,而我当时的精神状态不知怎么的确实有点类似,完全迷迷糊糊了——这张脸表情变化多端,我实在无法从它那里移开。大厅里的其他一切,无论是灯光、笑声,还是各色人等,以及他们的目光,全都交织在一起,在我四周无形地弥漫开,犹如一团浑黄的烟雾在飘浮,那张脸就在那烟雾之中忽隐忽现,就像那熊熊火焰里面的一簇火焰。我什么也听不到,什么也感觉不到,没有注意到人们在我旁边向前挤,别人的手触角似的突然向前伸去,扔钱出去,或者把钱抓回来;我看不见圆球,也听不见庄家的声音,我看到的一切都像在梦中,兴奋和激动透过凹面镜,扩张地反射到这双手上。要想知道圆球究竟是落进了红格子还是黑格子,是正在滚动还是已经停止,我不用去看轮盘,只需看这张脸。这张激情汹涌的脸神经敏锐,表情丰富,每一局的输赢得失、期望和失望,就像烙印一样,深深地刻在了他的脸上。

"可是接着,一个可怕的时刻出现了——整个晚上,我心里始终隐隐担心会出现这样一个时刻,它就像一场随时都有可能倾盆而下的暴雨,高悬在我紧绷的神经之上,此刻它突然把我的神经从中间撕断。圆球发出咔嚓咔嚓的脆响转动了一圈,那一秒钟又猛地出现,两百张嘴同时屏住呼吸,直到庄家宣布——这一次是'零位格'——同时迅疾挥动耙竿,将叮当作响的金币银币和沙沙作响的大小纸钞悉数收入囊中。就在这一时刻,那两只局促不安的手做出一个分外吓人的动作,它们一跃而起,似乎要抓住一件看不见的东西,随后又倒在桌子上,仿佛已经奄奄一息,只是依靠自身惯性的力量。可是倏忽之间,它们又一次变得活跃起来,急切地从桌子上回到自己的身体上,像野猫似的在身上爬来爬去,忽上忽下,忽左忽右,神经病发作似的搜遍所有的口袋,看身上的哪儿还能找出一张钞票。可是,它们每次都是一无所获,这种搜寻毫无意义、毫无结果,却越来越激动地不断重复着。这时候,像陀螺似的轮盘重新旋转起来,别人继续下注,钱币叮当作响,椅子挪来挪去,上百种细小的嗡嗡声响交相呼应,充斥整个大厅。我被眼下这一幕吓得魂不附体，不禁浑身颤抖，这一切清晰明了，我感同身受，仿佛那就是我自己的手指，在皱巴巴的衣服里绝望地翻寻各个口袋和任何鼓出来的部位，希望找出哪怕一张钞票来。可突然间，我对面这个人蓦然站起身来——只有突然感到身体不适的人，才会这样站起身来，挺直身子，以免发生窒息。只听见啪的一声，他背后的椅子倒在地上，可他却根本没有察觉到这一点，也没注意到身边的人，兀自拖着沉重的脚步离开桌子，大家尽管大感意外，也只好战战兢兢地避让这个摇摇晃晃的人。

"看到他这副模样，我顿时惊呆了。因为我立即明白这个人要何去何从了，他是准备走向死亡。谁要是这样站起身，那肯定不是回到旅馆，回到酒馆，回到一个女人身边，去乘坐火车，或是回到任何一种生活中去，而是直截了当地坠入无底深渊。在这个地狱般的赌场里，即便是最冷漠无情的人，也一定会看出，这个人无论是在家里、在银行里，或是在亲戚那里，都不会找到任何依靠了。他坐在这里，身上带着所有的钱，是用自己的生命孤注一掷。现在他踉跄着离开这里，总是要到另外一个地方去，但无疑是弃世而去。我一直在提心吊胆，从第一眼开始，就有种不可思议的感觉，在这儿的赌博中，还有更高的东西，远甚于输赢得失。可是现在，我看到生命突然从他的眼里消隐，这张脸刚才还那么虎虎有生气，此时此刻，死亡却将那脸色抹成惨白，我只觉得有一道黑黝黝的闪电，倏然把我击中了。当这个人忽然离开自己的座位，跟跟跄跄地走开，我的心里装满了他这种形象生动的姿势，我不由自主地拼命用手撑住自己的身子，因为正如在此之前他那种紧张不安传入我的血管和神经一样，他那副跟跟跄跄的样子此刻也已经在我的体内扎根。可最后，我还是被他那种神情带走了，我必须跟他走，我身不由己，我的脚步在向前移动。这一切是在完全不自觉的情况下发生的，根本不是我自己在做，而是自然而然发生的，我旁若无人，不知不觉地沿着走廊向门口走去。

"他站在衣帽间，服务员将存放的大衣交给他，可他的手臂已经不听使唤，这名热心的服务员就像照顾一位瘫痪病人一样，费了很大劲帮他穿上大衣。我看见他机械地把手伸进背心的小口袋里，想给服务员一点小费，可是他的手指在里面摸索了一下，马上空手缩了回来。他这才像是突然重新想起了一切，支支吾吾地对服务员说了一句什么，脸色很狼狈，然后又和先前一模一样，冷不丁地向前一冲，紧接着完全像个醉鬼一样，跌跌撞撞地走下赌场的台阶。那个服务员站在他身后，目送了他一会儿，先是对他轻蔑地一笑，随后才露出会意的微笑。

"这个场面是如此地震撼人心，我站在一旁看着都觉得难为情。我不由自主地闪开了，就仿佛在剧院的舞台上观看一个陌生人的绝望似的,感到局促不安。可是后来,我心中的那种莫名的惶恐不安又突然把我推向前。我急忙叫服务员取出我的大衣,脑子里也没有明确的想法,只是完全机械地、冲动地、迅疾地随着这个素不相识的人走进外面黑魆魆的夜幕中。"

C太太讲到这儿,停顿了一会儿。她一动不动地坐在我对面,向我娓娓道来,带着特有的镇定自若、客观冷静,几乎一气呵成,只有早有心理准备、对发生的事件进行过认真梳理的人,才会做到这一点。此刻她第一次顿住了,有点踌躇不定,然后,她突然脱开故事本身,坦诚地面对着我。

"我向您,也向自己保证过,"她略显不安地开始说道,"要绝对坦诚地说出全部事实真相。可是,现在我得希望您能够充分信任我的坦诚,不要以为我那时的行为举动有着什么不可告人的动机。倘使真有那样的动机,我今天也不会羞于启齿,但如果以为,在这种情况下,一个人肯定就是这么想的,那就是完全妄加猜测了。所以,我必须强调,我到马路上去对这个精神崩溃的赌徒紧追不舍,完全不是对这个小伙子产生了什么爱慕之情,我的脑子里根本不曾想到他是一个男人。我那时已是四十多岁的女人,事实上,自从丈夫去世以后,我还从来没有正眼瞧过任何一名男子。对我而言,这种事已经彻底一去不复返了,我之所以要向您强调这一点，并且非要说明这一点，那是因为，否则，您就无法理解，接下来发生的一切，究竟有多么可怕了。当然，另一方面，我也很难说清楚，到底是一种怎样的感情，迫使我当时去追赶这个不幸的人。那里面有好奇，但主要还是一种可怕的担心，或者更确切地说，是担心会发生一件可怕的事情，我从第一刻起，就隐隐约约地感觉到了那件可怕的事情，它就像乌云似的笼罩在那个年轻人身上。可这些感觉真的是无法分析或者剖析的，尤其当它们过于强劲急促，过于迅猛突兀时。也许，我当时的所作所为完全是一种发乎本能的救人一命的举动，就像在大街上看见一个孩子向一辆汽车奔去，你会自然而然地一把把他拉住。或许也可以这么解释，有些人，尽管自己不会游泳，看见有人掉进河里快要淹死了，便会奋不顾身地从桥上纵身跃下。就是有一种魔力在驱使他们这么去做，有一种意志在把他们往下推，他们还来不及考虑这种大胆冒险的行为有无意义。我那一次也同样如此，没有多加思考，也没有任何清醒的考虑，尾随着那个不幸的人走出赌场来到门口，又从门口一直走到外面的露台上。

"我相信，不管是您，还是其他目光敏锐的人，肯定都无法摆脱这种充满恐惧的好奇心，因为看到那个至多不过二十四岁的青年，像一位白发苍苍的老人一样举步维艰，像一名醉鬼一样摇摇晃晃，全身关节像被打断打碎了一样，拖着脚步从石阶走到外面马路边的露台上，没有比这种阴森可怕的景象更让人难以想象的了。他就像一只麻袋似的，扑通一声，全身倒在那儿的一张长凳上面。目睹这一动作，我又一次不寒而栗：这个人已经完了。只有死人或是全身肌肉没有生命活力的人，才会如此倒下。他的头歪斜着倒在长凳的靠背上，两只手臂软弱无力，不像样地垂到地上。在路灯惨淡而飘忽不定的半明半暗中，任何过路人都会以为这是一个开枪自杀者。他就这个样子，就是一个开枪自杀者，我都无法解释，为什么突然会有这种幻觉出现在我脑海里，可它就是猝然间站在那里，逼真得触手可及，真实得叫人畏惧，真实得令人可怕。在这一秒钟里，我看到他就站在我面前，我可以绝对相信的是，他的口袋里带着一把手枪，到了明天，人们就会发现这个人伸开四肢躺倒在这一张或是另外一张长凳上，身上血迹斑斑，可是没有了生命气息。因为他倒下的样子，完全像是一块石头掉进深渊，一直掉进最深处才停止。我从来没见过人的身体会这样表现疲倦和绝望。

"您现在可以想象一下我当时的处境：我就站在那个一动不动、精神崩溃的人躺的那张长凳后面，相距不过二三十步，茫然不知所措，不知道从何着手，意志驱使我去救人，可因循守旧的羞怯心理又使我望而却步，不敢在马路上随便搭理一个陌生男子。天上乌云密布，煤气街灯幽光闪烁不定，马路上人烟稀少，偶有一二行人匆匆路过，时近午夜，我几乎是孤零零一个人站在这临街的花园里，身旁躺着这个自杀者。我有不止五次或者十次打起精神，向他走去，可羞怯总是又把我拖了回来，或者也许只是一种本能，我内心深处预感到，失足者喜欢拉着救人者一同摔倒。我就这样左彷徨右思量，反反复复，连自己都清清楚楚地感觉到这处境毫无意义，十分可笑。然而，我还是既不能开口说话，又不能转身离去，既不能为他做点什么，又不能撇下他不闻不问。倘若我跟您说，我在露台那里犹豫不定地徘徊了大约一个小时，没完没了的一个小时，我希望您能相信我。在这一个小时的时间里，那一片无形的大海上面激起千重细浪，将时间撕成碎片。一个彻底毁灭的人的形象，竟然使我大为震动，竟然使我不忍拂袖而去。

"可我还是没有勇气说一句话，或者拿出自己的行动来，我很可能会站在那里一直苦等整个后半夜，或者，我也许会豁然开朗，怜惜自己的意志最终会促使我回家去。不错，我甚至相信，已经决心撇下这个可怜的人，就让他晕厥过去算了，但是，这时一种无比强大的外力迫使我做出了决定——天忽然下起了雨。那天，整个晚上都在刮着海风，将春天雾气厚重的云彩凝聚起来，早使人感到胸闷和喘不过气来，整个天空都快要压下来了。这时噼啪一声，雨滴突然从天而降，接着狂风大作，瓢泼大雨随即哗哗而下。我不由自主地逃到一个售货亭前避雨，虽然打开了雨伞，肆虐的大风还是将雨水泼洒到了衣服上。噼啪作响的雨点打在地上，飞起的冰凉的水沫星子一直溅到我的脸上和手上。

"然而，尽管大雨滂沱，这个可怜的家伙依然躺在长凳上，无声无息，一动不动。这是一个多么可怕的景象啊，事隔二十五年之后，如今想起这一点，我的喉咙仍似被堵住了一样。雨水从屋檐下滴落发出汩汩声，马车的轰鸣声从市内传来，翻起大衣急急奔逃的人们比比皆是，一切有生命的东西，都在战战兢兢地蜷缩着身体，都在拼命躲避或者逃窜，寻找藏身之地。不管在哪儿，从人类或是动物身上都可以感觉到对暴风骤雨的恐惧，可唯独那边的长凳上面，那个漆黑一团的人，却始终不曾动弹一下。我刚才和您说过，这个人像是有一种魔力似的，善于在举手投足之间形象生动地表达自己的情感。但是，世界上没有任何东西，能够将绝望、彻头彻尾的自暴自弃、生不如死表现得如此震撼人心：他就这样在疾风暴雨中纹丝不动，毫无感觉地躺在那里，已经心力交瘁，连站起来走几步路到一个躲避风雨的屋檐下都不行，最后连对自己的生命也都采取漠然处之的态度。任何一位雕塑家，任何一位诗人，哪怕是米开朗琪罗或者但丁，都从来没有像这个活生生的人那样，让我如此动情、如此揪心地感觉到这最绝望的姿势，这人世间最深沉的苦难。他听任雨水淋湿全身，全身疲软无力，疲惫不堪到都懒得动一下身体来保护自己。

"这太让我揪心，我已经别无选择了。我就像是在众目睽睽之下受到侮辱一样，猛然跑进这倾盆大雨中，摇晃长凳上那个浑身湿透的人。'跟我走！'我抓起他的手臂。好像有什么东西在艰难地向上呆望，好像有什么声息要从他身上渐渐显现，可他还是不明白我在说什么。'跟我走！'我又一次拉住那只湿漉漉的衣袖，这一次我都快要生气了。他缓慢地站起来，听凭摆布，身子晃晃悠悠。'你想干吗？'他问道。我无言以对，因为我自己都不知道要带他上哪儿去，只是希望他不要再听任冷雨浇淋，不要再因为绝望至极而自寻死路那样愚蠢地躺在那里。我没有放开他的手臂，而是继续拉着这个完全听任摆布的人往前，一直走到售货亭那里。外面风暴雨烈，那一角飞檐下至少能给他遮风挡雨吧。别的事我什么都不知道，我也不想知道。我只知道要将这个人带到一个没有雨淋的地方，带到一处屋檐下，别的事我一开始根本没有考虑过。

"我们两个人就这么肩并肩站在一个狭小的干燥处，身后是关闭的售货亭的门墙，头上只有小之又小的一片檐角，一场豪雨一刻不停地下着,再加上突如其来的狂风不时狡猾地将透心凉的雨水吹到我们的衣服上,砸到我们的脸上。这种境况实在叫人受不了。我可没法再在这个湿淋淋的陌生人旁边站下去了。可是另一方面,既然已经把他拉到了这里,我又不能把他撇到一边,什么话也不说。总得做点儿什么才行啊,我逐渐强迫自己想清楚。我想最好还是叫辆车把他送回家,然后自己再回家去,到了明天他自然会知道解救自己的办法。于是,我问站在我身旁的这个人——他一动不动,神情呆滞,对着夜空张望:'你住哪儿呀?'

"'我没有住的地方……我是今天晚上才从尼斯过来的……你没法去我那里。'

"最后这句话,我没有马上明白。直到后来我才知道,这个人竟然把我当作……当作一个妓女了。每到夜里,总有成群结队的女人在赌场周围溜达,希望从运气好的赌徒或者酒鬼身上得到几个赏钱,他竟把我当作这样的女人了。话说回来,你叫他还能有什么其他想法呢?我自己也只是到了现在,当我把这事讲给您听的时候,才感觉到我当时所处的情况完全匪夷所思,简直是荒诞不经了。你叫他还能对我有什么其他想法呢?我把他从长凳上拉起来,不由分说地拽着他一起走,这种举动确实也不是一个淑女应该做的。可一开始,我没有想到这一点。

他把我当成什么样的人,当我明白这个可怕的误会时,一切为时已晚,或者说已经太晚了。否则我就绝不会说出接下来的几句话来,因为这些话只能越发加深他的误解。我当时说道:'那就找个旅馆要个房间吧。你不能老待在这儿,得马上找个落脚的地方才行。'

"可是我现在马上觉察到他这种令人难堪的误会了,因为他根本没有转身看我,只是带着一种嘲弄的表情拒绝道:'不,我不需要房间,我根本什么都不需要。你不必费劲了,你从我这儿什么也弄不到手的,你找错人了,我身上一分钱也没有。'

"他这话又是说得那么可怕,那种冷漠还是那么令人心惊肉跳。可是,这个人全身湿透,心神疲惫,他站在那里,无力地靠在墙上,使我大受震动,我根本没有时间去考虑自己受辱的无聊小事。从看见他跟跟跄跄地走出赌场大厅的最初时刻起,我就感觉到,以及在刚过去的那不可思议的一小时里,我不断地感觉到,这里有个人,风华正茂,活力四射,有血有肉,却站在了死亡的边缘,我非要救他不可。于是,我向他渐渐走近。

"'别担心钱,跟我走吧!你别老待在这儿,我会给你安顿好住的地方。你什么都不用管,跟我走就是!'

"他转过头来。雨点在我们四周沉闷地敲击着,屋檐上的积水稀里哗啦地滴落到我们的脚下。这时我才发觉,他在黑暗中第一次想要看看我的面孔,他的身体也似乎从昏睡状态中慢慢苏醒过来了。

"'那现在就随你的便了。'他说道,表示自己让步了,'一切我都无所谓了……再说,又干吗不去呢。我们走吧。'我撑开伞,他走到我的身旁,挽起我的胳膊。这种突如其来的亲昵举动让我觉得很不舒服,简直叫我惊慌失措,内心恐惧到了极点。可是我没有勇气婉拒他,因为我若是现在把他推开了,他顿时就会掉进万丈深渊,那么我原来所做的种种努力,都将前功尽弃。我们又沿着赌场的方向走了几步。我这才想起,我还不知道拿他怎么办呢。我马上想到,最好还是带他到一家旅馆,再塞给他一点钱,让他在那儿过夜,明天让他自己回家,我没有想到别的什么。此刻,有几辆马车正急匆匆地驶向赌场门前,我叫住了其中一辆,我们上了车。马车夫问我想去哪儿,我一时不知道如何回答。可是我忽然想起,我身旁这个人浑身湿漉漉的,衣服在滴水,没有一家好宾馆会让他住下的,另一方面,我确实是一个不谙世事的女人,全然没有想到自己说出的话是否会引发他人的胡乱猜疑。我只是对马车夫嚷道:'随便找一家普通旅馆吧!'

"马车夫漠不关心,他自己也被大雨淋透了,赶紧扬鞭上路。我身旁这个陌生人始终默默无语。车轮隆隆向前,瓢泼大雨敲击着车窗玻璃。我坐在车厢里，里面一片漆黑，没有一丝光线，又是那种棺材的方形，我的心情顿时觉得很不爽，仿佛是在陪着一具死尸。我绞尽脑汁，想找出话来，以淡化双方默默无语、离奇可怕的局面，可我还是一句话都想不出来。几分钟后，马车停住，我先下车，付完车费，那个人像是睡眼惺忪地下车，关上车门。此刻，我们站在一家陌生的小旅馆门前，头顶上方有一块可以遮阳挡雨的玻璃屋檐，小小一片空间保护我们免遭雨水侵扰，大雨无聊透顶地下个不停，将密不透风的黑夜切成细丝。

"那个陌生人支撑不住自己的重力，不由自主地靠在墙上，他的帽子湿透了，他的衣服被压皱了，全都在使劲滴水。他站在那儿，像个落水者刚从河里被捞上来，神志仍然恍惚着，他靠在墙上那一小块有污渍的地方周围，有一股细流在往下汩汩流淌。可是，他未曾使出一点力气来，去抖动一下身体，甩动一下帽子，任凭水滴从帽子上一刻不停地顺着前额和脸颊往下流淌。他完全无动于衷地站在那里，我无法告诉您，这种心如死灰的样子多么令人心惊肉跳。

"可现在是该做点什么的时候了。我从衣袋里掏出钱来。'我这里有一百法郎，'我说，'你拿去开一个房间吧，明天再回尼斯去。'

"他吃惊地抬头望着我。

"'我在赌场里观察过你,'我注意到他有些迟疑不决,于是催促道,'我知道你输了个精光,担心你会走上绝路。接受别人的帮助不是什么丢脸的事……喏,你就拿去吧!'

"可是他一把推开我的手,我真没料到,他竟然会有这么大的力气。'你这人心地善良,'他说道,'可还是别糟蹋你的钱了。你是救不了我的。我这一夜睡不睡觉,完全无关紧要,反正明天一切都将完蛋。你是救不了我的。'

"'不,你一定得拿着。'我逼着他,'明天你就会不这么想了。现在你先上楼去,一切等过了今夜再说,明天又是新的一天。'

"我又一次把钱硬塞给他,可他几乎是态度激烈地推开了。'算了,'他闷声闷气地重复道,'这个毫无意义。与其在这里给人家的房间沾上血污,还不如到外面把自己了结。一百法郎救不了我,就算一千法郎,也还是救不了我。只要身上有几个法郎,到了明天,我又会到赌场去,不把全部的钱输光,我不会罢休。何必还要重新来一次呢,我已经受够了。'

"您没法估量,那个低沉的声音是如何让我痛心。可是您可以设身处地想一下:离您两英寸远的地方,站着一个人,他,风华正茂,头脑清醒,有血有肉,您也知道,如果我不竭尽全力的话,那么两小时之后,这个能思考、会说话、有呼吸的青年就会变成一具死尸。为了战胜他那种无谓的抗争,我当时简直怒火中烧了。我抓住他的手臂说道：'别再说这些傻话了！你现在就给我上去，给自己要一个房间，明天早上我会过来，送你上火车。你必须离开这个地方，明天必须回家去，要不看着你拿着车票乘上火车，我是决不肯罢休的。一个年纪轻轻的人，绝不能因为输掉几百法郎或者一千法郎，就自寻短见。这是怯懦的表现，这种愤怒至极的歇斯底里发作真是愚蠢。明天你就会同意我的观点了！'

"'明天？'他提高嗓音重复着，语调古怪、阴郁，含嘲带讽，'明天！你要是知道，明天我在哪里，就好了！我要是自己知道，那该多好啊，我还真的有点想知道这事呢。不，你回家去吧，我的孩子，不用费心，也不用浪费你的钱了。'

"可我并没有放弃。我这人就像是上了瘾，发了狂。我使劲抓住他的手，把钞票硬塞进他的手里。'你拿着这钱，马上上去吧！'说完，我果断地走过去，按了一下门铃。'好了，我已经按过门铃，门卫马上就会过来，你就上去睡觉吧。明天早上九点，我在大门口等你，送你上火车。所有其他事情你都不用管，我会做好必要的安排，让你平安回到家里。不过现在你就躺下休息吧，好好睡个觉，别的什么也不用想！'

"就在这时，门锁从里面发出咔嚓一声响，门卫打开了大门。

"'进来吧！'他突然说道，声音强硬而坚决，带着愤怒。

我感觉到我的手腕被他钢铁般的手指牢牢攥住了。我大吃一惊……惊骇万分,全身瘫软,如五雷轰顶,顿时失去了知觉……我想反抗,想挣脱他的手……可是,我的意志同样被麻痹了……我……您能理解……我……我羞于和一个陌生人拉扯不停,在一个门卫面前,因为他就在那里不耐烦地等着。所以……所以我就一下子站在旅馆里面了。我本想开口说点什么,可喉咙堵住了……他的手不由分说,重重地压在我的手臂上……我懵懵懂懂地感觉到,那只手已经不知不觉地把我拉到了楼梯上……门锁又一次发出咔嚓一声响……就这样,在转眼之间,我和这个陌生人单独待在一个陌生房间里,待在一家旅馆里,旅馆的名字我到今天还不知道。"

C太太讲到这儿,又停顿了下来。她忽地一下站起身来,像是声音不听她的使唤似的。她走到窗口,默默无语地向外面望了几分钟,或许只是把额头靠在冰凉的窗玻璃上。我没有勇气正面看她,因为观察一位激动不安的老太太,在我而言是一件很尴尬的事。因此我只是静静地坐在那里,不提问,不发声,一直等到她迈着从容的脚步重新回来,在我的对面坐下。

"那么,现在最难说出口的我都已经说了。我希望您能相信我,如果我再一次向您保证,如果我用在我眼里感到神圣的所有东西，用我的名誉以及我的孩子发誓，直至最后一刻我都没有想到……想到会和一个陌生人发生关系，我真的没有任何清醒的意志，的的确确是完全无意识地，就像前面有一道陷阱似的，硬是从平坦的人生道路上，陷入如此这般的境地。我已经发誓，要向您，也向自己说出事实真相，因此我要向您再重复一遍，我之所以卷入这一场悲剧冒险中，实在是因为太过救人心切，而不是因为任何其他的私心杂念，也就是说没有任何愿望，也没有任何预感。

"那天晚上在那个房间里发生的事，请别让我再叙述了。那一夜的每一分每一秒，我都没有忘记，也永远不想忘记。因为，那一夜，我是在为挽救一个人的生命搏斗，因为，我再重复一遍，这是一场生死攸关的战斗。我身上的每一根神经都明白无误地感觉到：这个陌生人，这个已经毁了一半的人，这个面临死亡威胁的人，正拿出自己所有的渴望和激情，抓住最后一根稻草。他紧紧抓住我，就像是惊觉深渊就在脚下，而我则奋不顾身，竭尽所能来救他。这样的时刻也许一个人一生中只经历一次，而且是千百万人中或许只有一个人能够经历这么一次。倘若没有这一次可怕的偶遇，我也一定无法预料到，一个自暴自弃、濒临毁灭的人，竟然以一种抑制不住的贪婪，如此强烈、如此绝望地再一次吮吸每一个鲜红的生命点滴！在远离人世间各种各样妖魔般的力量二十年之后，不是这次偶然事件，我也永远不会明白，大自然竟然如此神通广大，奇妙无比，常常能够将冷热、生死、陶醉与绝望浓缩在这短暂的瞬息之间。那一夜充满了搏斗和对话，充满了激情、愤怒和憎恨，充满了恳求和醉态的泪水，我只觉得像是度过了千年一般。我们两个人，纠缠在一起，跌跌撞撞地滚下深渊，一个是怒不可遏，另一个是浑然不觉，各自由于致命的混乱而判若两人，怀着别样的感觉和别样的心情。

"可是我不想再谈论这事了。我无法描述，也不想描述。只是第二天早上我醒来时那空前绝后的一分钟，我得向您提一下。我从沉睡中醒来，从黑夜的深处醒来，这是我以往从来没有经历过的。我花了很长时间才睁开眼睛，第一眼看到的是我头上那一片陌生的天花板，再慢慢搜索，看到一个房间，完全陌生，从没见过，十分难看，我都不知道自己是怎么进来的。我起先说服自己，我只是在做梦而已，梦境之所以更为明亮、更为透明，是因为之前处在阴郁暗淡、混乱不堪的昏睡中。然而，窗外已是晨光初现，光线刺眼，是真实得明白无误的阳光，楼下大街上嘈杂声不断，马车发出辘辘声，电车叮当作响，人声鼎沸，我这才知道自己并非在做梦，而是已经清醒过来。我不由自主地坐起来，想弄清楚究竟是怎么回事，可这时……我将目光转向一侧……这时我看到一个陌生人和我同睡在一张大床上，我永远无法向您形容我当时的惊恐,可是,他是一个陌生人,一个陌生人,一个陌生人,一个半裸的人,一个完全素不相识的人……不,这种惊恐,我知道,但无法形容,它如此可怕地落到我的头上,我顿时浑身乏力地向后倒下。可我并不是真的昏厥过去,并不是什么都不知道,恰恰相反,我以闪电般的速度意识到了一切,同时又感到这一切难以解释。我发现自己身处一家非常可疑的下等旅社里,和一个素不相识的人躺在一张陌生的床上,我羞愧恶心得只想一死了之。我到现在还记得清清楚楚,我的心脏停止了跳动,我屏住呼吸,仿佛这么一来我的生命,尤其是我的意识就可以彻底熄灭。这种清晰的意识,清晰得简直可怕,它什么都理解,却又什么都不明白。

"我永远也无法知道,自己这样四肢冰凉地躺了多久,棺材里的死人没准也就是这么僵直地躺着吧。我只知道,我那时闭上双眼,向上帝祈祷,祈祷某种神力,但愿这不是真的,但愿这一切只是幻觉而已。然而,我敏锐的感觉不容许我再自我欺骗,我听见隔壁房间里有人在说话,水管发出哗哗的流水声,外面走廊上有人吧嗒吧嗒地拖着脚步在行走,所有这些都在冷酷无情地证明我的感官是完全清醒的。

"这种尴尬的处境究竟持续了多久,恐怕我也说不清楚了,这时的时间和平时生活中的时间完全不一样。但是陡然间,另一种恐惧开始侵袭我,那是一种急迫而可怕的恐惧,这个陌生人,我连他的名字都不知道,他现在马上要醒来,要和我说话。我立刻意识到自己只有一件事可做,趁他醒来之前赶快穿好衣服逃走。我不想再让他看见我,我不想再和他说话。赶紧脱身吧,离开,离开,离开,回到自己的生活,回到我的旅馆,然后立刻乘坐下一趟火车,离开这个可耻的地方,离开这个国家,永远不再遇见他,永远不再见到他,没有人可以作证,没有人可以指责我,也没有人知道这件事。这个念头使我猛然从昏厥中清醒过来,于是为了避免弄出声响,我小心翼翼,像个小偷似的,慢慢挪动身体,从床上下来,伸手摸到了我的衣服。我小心翼翼地穿上衣服,每一秒钟我都在颤抖不停,生怕他会醒过来。我已经穿着完毕,我已经成功在望。只有我的帽子还在另一边的床脚下放着,我踮起脚尖走过去,把帽子捡起——就在这一秒钟,我实在禁不住自己的好奇,我一定得向这个陌生人的脸上再瞧上一眼,他就像从屋檐下掉下的一粒石子,突然闯入我的生活。我只想再往他那里瞅上一次,可是……说也奇怪,这个躺在那里安睡的陌生小伙子,我的确觉得陌生:第一眼看去,这张脸和昨天那张脸简直判若两人。昨天那个情绪异常激动的人,脸上被激情所驱使,神情拘束,紧张不安,此刻已经荡然无存,取而代之的是另外一张脸,完全是一张天真的脸,完全是一张稚气的脸，简直是纯洁无邪，生气勃勃。他的嘴唇，昨天还被牙齿紧紧咬住不放，此刻在睡梦里温柔地张开着，呈半圆状露出一丝微笑，金黄色的鬈发可爱地披在他毫无皱纹的额头上，随着均匀的呼吸一起一落，仿佛那柔和的波纹，静静地从他的胸间一直流进安睡中的全身。

"您或许还能想起，我先前和您说过这句话，我从来没有看到过一个人的贪婪和激情会像这个陌生人在赌桌上那样表现得如此强烈、如此肆无忌惮。现在我要对您说，我也从来没有看到过如此酣畅淋漓、如此真正快乐至极的安睡表情，即便在孩子身上，也只有婴幼儿在熟睡时才会有天使般生气勃勃的光芒。在这张脸上，恰如那无与伦比的雕塑艺术一样，一切情感展现得一览无余，犹如在天堂里一样，抛却了人世间各种各样的纷扰，一副得到解脱、得到拯救的模样。面对这一深感意外的景象，所有恐惧、所有可怕仿佛一袭沉重的黑色大衣，顿时从我身上落下，我不再感到羞愧难当，不，我几乎感到欣欣然了。对我来说，这种恐惧、这种难以捉摸的东西突然之间有了意义，想到这个年轻、柔弱、英俊的人儿，现在竟像花儿一样，快乐而恬静地躺在这儿，我为此感到高兴，感到自豪。倘若不是我的献身，他一定会被人发现在哪一个悬崖边上，早已粉身碎骨，鲜血淋漓，面目全非，气息全无，眼珠迸裂。是我拯救了他，他已经得救了！而现在,我用慈母般的目光——我无法用别的字眼去说——朝这个沉睡中的人望去,我让他重获新生,这要比生下自己的孩子更为痛苦。这家临时旅社肮脏不堪、叫人恶心,房间陈旧、污浊,可有一种感觉忽然涌上我的心头,或许您会觉得我的话有些可笑,我竟然有种置身教堂的感觉,因为见证到奇迹降临、圣灵显现而满怀幸福的喜悦。我整个一生中最可怕的那一秒钟,现在派生出第二秒钟,那是最令人惊异、最动人心魄的一秒钟。

"难道是我的动作声音太大?难道是我情不自禁地说了什么话?我不知道。但那个熟睡的人突然睁开了眼睛。我大吃一惊,向后退去,他诧异地向四周环视——恰如刚才我自己那样——仿佛刚从无尽的深渊和迷乱中异常艰难地攀爬上来,目光吃力地扫视着这间从未见过的陌生房间,然后惊讶地落在我身上。可是,还没等到他开口说话,或者回想起什么,我已经镇静下来了。我不容他说话,不容他提问,或者表示亲昵,昨天和昨夜的事不应该再次发生,不做任何解释,也不做任何讨论。

"'我现在得走了,'我急忙对他说道,'你待在这儿别走,赶快穿上衣服。十二点整,我在赌场门口和你见面,到时我会给你安排好其他的一切。'

"我只是为了不想再看到那个房间,都没等得及他作答,立刻逃了出来。我头都没回地从那家旅社跑出来,既不知道这家旅社的名字，也不知道在那里面和我共度一夜的那个陌生人的名字。"

C太太叙述到这儿，稍作停顿。可是，所有的紧张和痛苦此刻都已从她的声音里消失不见，就像是一辆马车，不怕任何艰难险阻地爬上山去，等到达了山顶之后，便轻轻松松、快捷如飞地驰下山去，她现在就这么放心地继续往下叙述。

"就这样，我急急忙忙地赶回自己所住的旅店。早晨的大街上阳光明媚，经历了一夜的暴风雨之后，天空沉闷的气氛一扫而光，我心头痛苦的感觉也已经了无痕迹。您别忘记，我先前对您说过：我丈夫去世以后，我完全放弃了自己的生活。孩子们不需要我，我自己也不知道如何打发余生，活着并无明确的目标，所有的生活都是谬误。现在，我出乎意料地第一次获得了一项任务：挽救了一个人，竭尽全力将他从毁灭中拉回来。只要再往前走一小步，我就算大功告成了。于是我跑回自己的旅店里。门卫看见我早上九点才回来，用诧异的目光打量我，但我却毫不在乎——对于昨晚发生的事，笼罩在我心头的不再是羞愧和懊丧，我只觉得自己突然间有了继续生活下去的意愿，那种意料之外的不枉此生的崭新感觉，使得我周身热血沸腾。我回到自己的房间，匆匆换下衣服，不自觉地（后来我才注意到）

脱下身上的丧服，换上一件色彩较为鲜艳的外衣。我上银行取了钱，又急忙赶到火车站，打听好火车出发的时间，另外还办了几件事，赴了几次约，行动果断得连我自己都大感惊讶。现在，除了将命运扔给我的这个人送上旅程，最终完成对他的拯救之外，我再没有其他事可做了。

"当然，现在去和他见面，是需要勇气的。因为昨天的一切都发生在黑夜中，发生在旋涡中，犹如两块岩石被激流冲下，突然撞击在一起。我们面对面几乎并不认识，我甚至都没把握，那个陌生人是否还能认出我来。昨天——那是一场偶遇，是一种心醉神迷，是两个茫然不知所措的人一时走火入魔，可今天需要我比昨天更坦率地向他展示我的真相，因为现在是在残酷无情的大白天里，我这个人，我这张脸，我作为一个活生生的人，要向他迎面走去。

"但是后来发生的事情却比我想象的要容易。到了约定时间，我一走近赌场门口，一个年轻人就从一张长凳上一跃而起，朝我奔跑过来。他那种喜出望外的表情和每一个传神的动作，竟然表现得如此自然大方、天真无邪、毫无心机、满怀幸福。他飞奔过来，眼里带着喜悦，同时放射出感激涕零和毕恭毕敬的光芒，可是发觉我的眼睛在他面前显得局促不安，他的眼睛立刻谦卑地垂了下来。在一般人身上，很少能体会到这种感激涕零，因为心怀感激之情的人，往往不知道如何表达感激的方法，总是茫然地不吭一声，总是感到惭愧，常常装作一副结结巴巴的样子，不让自己的真情流露出来。可是在这儿的这个人身上，上帝犹如一个神秘莫测的雕刻家，将他一举一动焕发出的所有情感宣泄出来，感性、优美、形象，就连那种表达感激的动作也同样光耀照人，宛若满腔激情从身体内部迸发出来一般。他弯下身子亲吻我的手，恭顺地低下孩子似的线条清秀的头来，这样恭恭敬敬的亲吻保持了一分钟之久，但只是触及我的手指，然后，他才后退一步，向我问好，亲切地望着我。他的每句话都说得庄重得体，不消几分钟，我最后一丝惶恐不安也已烟消云散。四周景物完全像中了魔法似的光彩夺目，一如明镜，映衬出我当时活泼开朗的心情：昨晚还是怒涛汹涌的大海，此刻波澜不惊，明净清澈，微波荡漾的水面下，颗颗卵石对着我们泛出白光；在锦缎似的清朗天空下，赌场这个万恶的渊薮，显得明亮而光洁；昨天，我们曾经被那场倾盆大雨所逼，躲在那座售货亭下避雨，现在售货亭已经开门营业，原来是一家鲜花店，店堂里摆满了一簇簇白色、红色、绿色以及五彩斑斓的大小花卉，卖花的是一位年轻姑娘，穿着一件花枝招展的上衣。

"我邀请他到一家小饭店共进午餐；陌生的小伙子在那里向我叙述了他悲剧性的冒险故事。我在绿色赌桌上见到他那双神经质的颤抖不止的手,当时就有预感,现在他的叙述证实了我的猜测。他出生在奥地利所属波兰的一个贵族之家,家里为他安排的是外交官的前程。他在维也纳上大学,一个月前以优异的成绩通过了第一次考试。为了庆祝这个大喜日子,他的叔父,总参谋部的一位高级军官(他当时就寄住在维也纳的叔父家里),租了一辆马车带他去普拉特游乐场游玩,以此作为褒奖。他们一同前往赛马场。叔父赌运亨通,接连赢了三次。于是,他们拿着一大沓赢来的钞票,到一家豪华餐馆奢侈了一回。第二天,这位未来的外交官收到父亲寄来的一笔钱,是他平时一个月的生活费,奖励他考试取得成功。要是换在两天前,他可能还觉得这笔钱相当可观,可是由于赢钱太容易,他只觉得这笔钱无足轻重、微乎其微了。于是,吃罢饭,他又驱车前往赛马场,狂赌了一把,居然福星高照,或者还不如说,霉运当头,最后一轮赛马赌完,他离开普拉特游乐场时,手里的钱变成了原来的三倍。自此以后,他开始疯狂赌博,时而在赛马场,时而在咖啡馆或者俱乐部,耗尽了他的时间、学业、神经,尤其是他的金钱。他再也无法思考,无法安睡,至少是无法控制自己。有一天晚上,他在俱乐部里把钱输光后回家,正要脱衣上床,忽然发现还有一张钞票揉成一团忘记在背心口袋里。他又手痒了,马上又穿上衣服,跑到外面东荡西逛,最后在一家咖啡馆里找到了几个玩多米诺骨牌的人，于是坐下来和他们一直赌到天亮。他出嫁的姐姐曾经帮过他一回，向高利贷者偿还了他的债务。高利贷者知道他是贵族世家的继承人，十分乐意借钱给他。有一阵子，他又交了赌运，可是后来，手气越来越坏，而他越是输得厉害，越是渴望大赢一场，好偿还尚未清偿的赌债和限定日期的以名誉担保的借款。他早已把自己的怀表、衣服拿去当掉了，最后发生了一件骇人听闻的事，他从叔父家的橱柜里偷走了老婶母平时不常戴的两颗钻石。他当掉了其中的一颗，得到了一大笔钱，当天晚上就拿去赌了，结果赢了，变成原来的四倍。可是他没去赎回那颗钻石，反而孤注一掷，最后输得干干净净。直到他离家出走时，偷窃的事尚未败露，他一不做二不休，当掉了第二颗钻石，突然灵机一动，乘火车来到蒙特卡洛，希望在轮盘赌上获得梦寐以求的财富。他在这里已经将自己的箱子、衣服和雨伞统统卖掉，身上只剩下一把手枪、四发子弹以及一只上面嵌有宝石的小十字架。小十字架是他的教母 x 侯爵夫人送给他的礼物，他舍不得卖给别人。可是昨天下午，他还是把这个小十字架以五十法郎的价格卖出去了，只为了晚上能够最后赌上一把，拼个鱼死网破，满足一下自己强烈的欲望。

"他向我叙述这一切的时候，还是那么神态优雅、令人着迷，天性活泼开朗、充满灵气。我侧耳倾听，只有震动、感动、激动的感觉,却一点也不生气,一刻也没有想到和我坐在餐桌上吃饭的人原来是个小偷。我是个一生清清白白的女人,和人交往时一向要求严格遵循传统礼仪习俗,假如昨天有人对我只是略提一下,说我会跟一个素不相识的年轻人,一个和我的儿子年龄相仿,而且偷过宝石的人亲密无间地坐在一起,那我一定会认为这个人精神错乱了。可是在他叙述的时候,我不曾有片刻感到吃惊,他将这一切自自然然地说出来,那么充满激情,让人觉得他只是在描述一种发烧、一种疾病的症状,而不是干了一件令人憎恶的事情。谁若是像我那样,亲身经历过昨夜这种狂风骤雨般的意外事件,就会觉得'不可能'这个词突然对他失去了任何意义。在那十个小时里,我对社会现实的了解远比我此前四十年中产阶级的生活所经历的要多得多。

"然而,在他的忏悔中,有一点让我大为吃惊,那就是他眼睛里散发出的热病似的光芒。谈到赌钱时,激情使得他脸上的神经像触电似的不时抽动。他讲到这里,依然那么激动不已,他那形象生动的脸上呈现出各种紧张情绪,或欣喜若狂,或痛苦万状,清晰得令人可怕。他的手,那双奇妙无比、纤细灵巧、神经过敏的手,不由自主地开始动作,和在赌桌上毫无二致,重新变成了野兽,时而猛追不舍,时而落荒而逃。我看到,他在叙述时,手关节突然抖颤不停,手指使劲弯曲,捏成拳头状,然后蓦地松开,最后重新绞成一团。当他坦白偷窃钻石时,那双手飞快地向前一跃(我不禁吓了一跳),做了一个迅速偷窃的姿势:我仿佛看到他的手指疯狂地扑向那件首饰,继而急忙将它握在掌心里。我有一种不可名状的恐惧感,发现这个人全身每一滴血里都有激情的毒。

"一个年轻人,头脑敏锐,天性无忧无虑,竟然可怜地俯首听命于一种荒唐的激情,在他叙述过程中只有这一点使我感到大为震动和大为惊讶。因此,我认为我的首要责任就是要和颜悦色地劝说我这位突如其来的被保护人,蒙特卡洛的诱惑实在太危险,必须马上离开这个地方,趁钻石丢失的事还没被发觉,趁自己的前途还没有被永远葬送,必须在今天赶紧回家去。我答应给他路费和赎取那两件首饰的钱,但我只有一个条件,他今天就得动身,并且以自己的名誉向我担保,以后再也不碰一张纸牌,或者参加掷色子赌博。

"我永远不会忘记,当我答应帮助他时,这个不可救药的陌生人如何怀着感激的热情倾听我说话。起先神情沮丧,随后渐露喜色,他像是在吞饮我的字句。突然,他越过桌面,伸出双手,抓住我的双手,这种手势令我难以忘怀,仿佛在朝拜神灵,在向上帝许愿一样。他那双晶莹的平时略显迷惘的眼睛里噙着泪水,由于幸福激动,他的全身不安地颤抖着。我曾经多次试图向您描述他的神情具有无与伦比的表现力,可是他的这个姿态我却难以形容,因为这是一种大喜过望、超脱尘世的幸福感,是平时我们难以看到的,只有当你从梦中醒来,依稀看到一个天使悄然消逝的面容,唯有这一团白影方可和它媲美。

"我实在受不了他这样的目光,我何必要隐瞒这一事实呢。享受感激之情叫人高兴,体贴入微的柔情叫人舒心,这种情感我很少能清清楚楚地体会到。我这个人,一向腼腆,天性冷漠,如此肆意的激情流露对我来说确是一件新鲜事,让人心旷神怡,简直叫人无比幸福了。再加上那时候,经过昨夜一场豪雨的洗礼之后,周边景物也和这个备受摧残的人一样,不可思议地复苏了。我们走出餐馆时,一眼望去,满目生辉,宁静安谧的大海上,碧波万顷,直至天际,水天融于一色,唯有沙鸥翔集时,掠过些许白光,高空之中则呈现出另一种蔚蓝的景象。您一定熟悉里维埃拉一带的自然风光。这儿的景色总是那么美丽动人,却又像明信片似的一览无余,始终饱满的色彩从容地映入人们的眼帘,犹如睡美人那般慵懒,众目睽睽之下依然保持泰然自若的风范,简直像一位东方女子,尽显万种柔情。可有时候,虽说很少遇见,却仍会有那么几天,这位睡美人蓦然从床上起来,一展身姿,时而浓妆艳抹,光彩炫目,仿佛在向你高声呼唤;时而繁花似锦,五彩斑斓,仿佛在向你喜气洋洋地抛洒;时而激情似火，时而欲焰高炽。那一天恰好也是一个令人欢欣鼓舞的日子，在一夜疾风迅雨的混乱之后，大街小巷被洗刷得洁白璀璨，空中是蓝天碧云，四周灌木丛生，如火如炬，斑驳陆离，再远望，云烟氤氲，满目葱翠。天气凉爽，阳光明媚，远处的群山似乎离我们越来越近，轮廓显得更加分明，它们好奇地聚集在一起，像要凑近这座洗净后熠熠发光的小城。举目四望，只觉得大自然处处都给人以鼓舞和激励，不由得叫人疯狂起来。'我们雇辆马车，'我说道，'沿着山崖的滨海道逛逛吧。'

"他兴高采烈地点点头。自从来到这里，这个年轻人似乎还是第一次开始留意和观赏起风景来。在此之前，他所见到的无非是潮湿而又有霉味的赌场大厅和一个暴戾、灰色、喧嚣的大海。赌场大厅里弥漫着一股闷热味和汗臭味，人流拥挤，都是些粗俗讨厌的人。可是现在，海滩沐浴在阳光下，像一把硕大无朋的扇子在我们面前打开，目之所及，从一个远方到另一个远方，真可谓一望无边，让人赏心悦目。我们坐在缓缓行驶的马车里（那时候还没有汽车），沿着那条富丽堂皇的道路，途经许多别墅，领略人间美景。每当经过一幢幢屋舍，经过一座座翠绿的五针松掩映下的别墅，我心里就会上百次地出现这样一个最隐秘的愿望，倘若能在这里生活下来，宁静安详、心满意足、远离尘世，该多好啊！

"我的一生中难道还有比那一时刻更幸福的时光吗？我不知道是否曾经有过。这个年轻人和我一起坐在车上，昨天还陷在死神和灾难之中，现在却被白晃晃的阳光惊呆了：他看起来年轻了好几岁。他仿佛完全变成了一个孩子，一个沉醉在嬉戏中的英俊少年，两只眼睛高兴得忘乎所以，同时又充满敬畏。而在这个孩子身上，最使我感到心醉神迷的莫过于他那种考虑周详的体贴入微，当马车驶上陡坡时马力不济，他立刻敏捷地跳下车去，到后面帮着推车。我提到一种花名，或是指着路边的一朵什么花，他就奔过去把它摘来。有一只幼小的青蛙，被昨夜的一场风雨引出，这时候正艰难地在路上爬行，他把它捡起来，小心翼翼地送往青草丛中，以免被后面驶来的马车碾碎。他一边做着这些，一边还兴致勃勃地讲述那些最逗人发笑而又最优美雅致的趣事。我相信，这种笑声对他是一种拯救，因为他突然有了太多的快乐，使他那么欣喜若狂，那么陶醉其间，若不尽情大笑，只有引吭高歌或者纵身一跃，兴许还会做出一些疯狂的举动来。

"后来，我们驶上高坡，慢慢路过一个极小的村庄，就在这半途中，他忽然彬彬有礼地脱帽致意。我很是讶异，这个身在异处的外乡人，他在向谁表示敬意？听我这么一问，他有点脸红，几乎是抱歉似的向我解释道，我们刚刚经过一座教堂。在波兰，像在所有笃信天主教的国家一样,人们从小就养成习惯,遇见任何一座大教堂或小教堂,都要脱帽致意。他对宗教事物满怀敬畏之心,这一点深深地打动了我,与此同时,我也想起他曾对我说过的那个小十字架,于是问他是否是一个虔诚的教徒。这时,他脸上略带羞涩,谦卑地承认道,他希望能享有天主的恩宠,我的脑海里突然闪过一个念头,'停车!'我对车夫大声叫道,自己急忙从马车上跳下。他跟在我后面,不胜惊讶,问道:'我们去哪儿?'我只是回答道:'跟我来!'

"他一路陪着我,我们走回到了那座教堂。那是一所砖砌的乡村小教堂,里面的墙上涂上了石灰,显得阴森而空荡荡的,大门敞开着,一束黄色的光线直入黑暗中,蓝色的阴影中映出一座小祭坛。圣坛周围香烟缭绕,两支蜡烛,宛若两只视线模糊的眼睛,在温暖而朦胧的微光中闪烁。我们走进去,他脱下帽子,手往圣水池中浸了浸,画了个十字,然后屈膝跪下。他一站起来,我立刻拉住他。'你上那边去,'我催促他,'到祭坛或者到哪一座你崇敬的神像面前,照我说的话发个誓。'他瞪着我,一脸惊愕。但他很快明白了我的意思,立刻走到一座神龛前,画了个十字,顺从地跪了下去。'照我说的说吧。'我对他说道,自己也因为心情激动而全身颤抖着,'照我说的说:我发誓。'——'我发誓。'他重复道,我继续往下说:'我永远不再赌钱,不管什么赌博都

不参加,永远不再让自己的生命和名誉听任这种激情的摆布。'

"他浑身哆嗦着重复我的话,那些话清晰而响亮,在空荡荡的教堂里回响。随后安静了片刻,安静得可以听得见教堂外风吹过树梢,树叶簌簌作响。突然,他像一个忏悔者扑倒在地,用一种我从未听到过的极度兴奋的声音说话,说的是我听不懂的波兰语,语速飞快,连珠炮似的杂乱无章。不过,这想必是一段狂热的祈祷,一段表示感恩和悔恨的祈祷,因为这段暴风雨般的忏悔一再使他谦恭地向跪凳低下头去,陌生的声音重复得越来越充满激情,用难以形容的热情蹦出来的同一个词越来越激动地反复出现。无论在此之前,还是在此之后,我从来没有在世界上任何一座教堂里听见有人这样祈祷过,因为他祈祷时两手使劲儿抱住木头跪凳,同时,全身由于内心掀起一阵飓风而受到震动,时而把它拉起,时而把它按倒。他什么也看不见,什么也感觉不到,仿佛置身于另一个世界,置身于叫人脱胎换骨的炼狱之中,或者飞升到一个更神圣的星球里去了。最后,他慢慢地站起来,画了个十字,艰难地转过身来。他的双膝抖颤不止,脸色苍白,仿佛筋疲力尽。可他一看到我,眼睛马上闪闪发光,脸上露出纯洁无辜的、的的确确是天真无邪的微笑,原本疲惫不堪的面孔渐渐变得光彩夺目了。他走到我跟前,按照俄罗斯的方式深深地鞠了一个躬,握住我的双手,敬畏有加地用自己的嘴唇在上面碰了一下：'是上帝派您到我这儿来的。我已向上帝谢过恩了。'我不知道说什么好，可是，我真的希望，在这张低矮的跪凳之上，管风琴会突然琴声大作，因为我觉得，我所有的目的都已经达到，我已经把这个人永远挽救过来了。

"我们走出教堂，回到了五月天，正是和风习习、阳光灿烂、温暖璀璨的时候，在我眼里，世界没有比彼时彼刻更美的了。我们继续乘坐马车游逛了两小时，翻越高坡缓缓向前，道路两旁风光旖旎、如诗如画，山回路转处美不胜收。可现在，我们彼此不再说话。在这次感情大流露之后，任何言语似乎都苍白无力了。每次不经意间，我的目光和他的目光相遇，我总是不由得羞涩地回避他。看到自己创造的奇迹，这种震撼实在过于强烈。

"下午五点左右，我们回到了蒙特卡洛。我还得马上去赴一个和亲友的约会，要想取消已经来不及了。而且，我的内心也渴望能休息一下，放松一下自己刚才过于紧张的心情。因为我得到的幸福实在太多。这种热血沸腾的狂喜状态，是我一生中从未有过的体会，我必须休整一下。因此我请我的被保护人到我的旅馆里去待一会儿。在我的房间里，我将旅费和赎取首饰的钱交给他。我们约定，我去赴约，他去买车票，晚上七点我们在车站候车室见面，然后再过半小时，途经热那亚的火车将把他送回家。当我拿出五张钞票递给他时,他的嘴唇突然变得异常苍白:'不……不要钱……我求求您,别给我钱!'他咬紧牙关说道,他的手指神经质地颤抖着,惊慌失措地缩了回去。'不要钱……不要钱……我不能看到钱。'他又重复了一遍,仿佛一看到钱,他突然会感到恶心或者恐惧似的。我设法让他宽心,叫他不用为此感到羞耻,这笔钱就算是我借给他的好了,如果他觉得有什么不妥,不妨写个借条给我。'好……好……写个借条。'他避开我的目光喃喃地说道,一边接过钞票轻轻一折,像是有什么黏糊糊的脏东西沾在手指上,看也不看一眼就塞进口袋,然后找了一张纸,在上面龙飞凤舞地写了几句。等他抬起头来,额头上湿漉漉地在冒汗,他身体里面似乎有什么东西在使劲往上涌。他将那张字条递给我的时候,全身一阵哆嗦,蓦地一下——我不禁惊讶地后退一步——跪倒在我的面前,亲吻我的裙边。这种姿势真是难以形容,它的力量真是强大无比,我浑身上下顿时战栗起来了。我禁不住打了个寒战,茫然不知所措,只能支支吾吾地说:'你这么懂得感激,我要谢谢你了。可是现在就请走吧!晚上七点,我们在火车站候车室再话别吧。'

"他凝视着我,眼圈湿润,闪耀着感动的光芒。我一会儿以为他想要对我说点什么,一会儿又觉得他想要挨近我,可他突然又一次很深很深地鞠了一躬,然后离开了房间。"

C太太又停止了叙述。她站起身，走到窗口，向外远望，在那儿一动不动地伫立良久。从她那剪影似的后背中，我看到她的身子在微微地颤抖、摇晃。忽然，她果断地转过身来，她那双之前一直保持平静显得无动于衷的手，猛然用力向左右分开，像要把什么撕碎一样。接着，她坚强地，简直可以说是勇敢地注视着我，重新开始叙述：

　　"我答应过您，要做到完全坦率，我此刻发现，我发这个誓言多么有必要。因为直到此刻，当我强迫自己第一次有条不紊地描述那一小时的整个过程，寻找准确的语言来形容当时纷乱如麻、迷惘困惑的情感时，我才清清楚楚地明白许多当时不知道的或者也许自己不想知道的事情。正因为如此，我冷酷而坚决地描述真相，对我，也是对您说出事实真相：当时，就在那个年轻人走出房间，剩下我孤零零一个人的那一刹那，我脑子里昏昏沉沉的，仿佛晕厥过去一般，我的心上突然感到遭受了重击，有什么东西使我伤心欲绝了。可我当时并不知道，或者说当时不想知道，我的被保护人那种毕恭毕敬的态度如此动人，我怎会如此黯然神伤呢？

　　"可是此刻，当我迫使自己，冷酷无情、井井有条地将一切往事，权当是别人的事，从我心里倾吐出来，绝不对您这个证人有丝毫隐瞒，绝不让那种羞耻的感觉胆怯地东躲西藏，直到今天我才清楚地知道，当初之所以如此痛苦不堪，实在是因为失望……我感到失望的是……那个年轻人竟那么听话地走了……竟然对我不作任何劝阻，让他留在我身边……我所失望的是，我只说出了一个愿望，要他动身回家，他就立即服从安排，谦恭而敬畏地，却没有……却没有试图将我搂在怀里……他仅仅是崇拜我，将我视为突然出现在他面前的一位圣女……而没有……没有感觉到我是一个女人。

"这就是我当时感到的那种失望……一种我不想承认的失望，当时不愿意，以后也不愿意，可是一个女人的直觉无所不知，不需要言语和意识。因为……现在我也用不着再欺骗自己了——若是这个年轻人当时抱住我，恳求我，哪怕天涯海角，我都会跟着他去，我会不惜让自己的姓氏和孩子们的姓氏蒙上羞辱……我会跟着他远走高飞，全然不顾他人的风言风语和自己内心的理智的召唤，正如那位昂里埃特太太一样，和那个年轻的法国人刚认识一天就一同私奔了……我都不会问，跑到哪儿去，会待多久，我也不会回过头来，重新检视自己从前的生活……我会为了这个人，牺牲我的金钱、我的姓氏、我的财产、我的名誉……我会心甘情愿地去沿街乞讨，只要他愿意，什么卑微低下的事情我都会去做。他只需说上一句话，向我走近一步，人们常说的那种廉耻和顾忌，我可以完全抛在一边；只要他企图抓住我，我当即就会心甘情愿地委身于他。可是……我向您说过……这个人当时迷迷糊糊的很是奇怪，他不再看我，不再看我这个女人一眼……而我完完全全痴情于他，为他着迷，为他疯狂，却只是在我孤身一人时才感觉到这一点。我的激情，刚才还被他那张春风满面、几近天使一般纯洁无瑕的面孔唤醒，却突然重新跌落下来，在空虚而寂寞的胸中翻腾着。我艰难地打起精神，那次约会成了一大负担，让我心里备受折磨，仿佛觉得额头上被一顶沉重的钢盔套住了，压得我喘不过气来，压得我左摇右晃。当我终于到达另一家旅馆看望我的亲戚时，我的思想和我的步履一样纷乱。大家聊得很起劲，我却闷闷不乐地坐在那儿，当我偶尔抬起头来，见到的是一张张凝固不变的面孔，我不由得感到惊恐万分，我觉得，和那张生动活泼、像是在云彩上投下光与影的面孔相比，这一张张脸宛若面具，或者业已被冻僵。我仿佛坐在一堆死人中间，原本愉快的聚会竟变得如此死气沉沉，令人可怖。我把糖块放进茶里，心不在焉地和人一起聊天，我的心里犹如被血液的跳动所驱使，总是不断地浮现出那张脸来。观察那张脸，成了我的最大快乐，而再过一两个小时，我就是最后一次看到它了——想想真是可怕啊！想必是我不由自主地轻轻叹息或者呻吟了一声，因为我丈夫的表姐突然俯下身来，问我怎么回事，是否身体有什么不适，说我的脸色那么苍白、难看。我没预料到她会这么问,这么问却是迅速而不费吹灰之力地帮了我的忙,于是我马上找了一个借口,说我的偏头痛确实挺折磨人,请她允许我悄悄地离开这里。

"就这样我脱了身,一刻不停地赶回自己的旅店。我孑然一身地来到房间里,顿时有一种空虚寂寞和遭人遗弃的感觉,让我无比纠结的是,我渴望见到那个年轻人,今天我将要永远离开他了。我在房间里踱来踱去,徒然地打开衣柜,换了衣服和腰带,在镜子里仔细端详自己,看看自己的一身装束能不能吸引他的眼球。突然,我明白自己应该干些什么了,只要能让他留下,一切在所不惜!就在这心情跌宕起伏的一刹那,这个意愿立刻变成了决心。我跑到楼下门卫那里,告诉他我要乘坐当晚的火车离开这儿。现在是赶紧行动的时候了,我打铃叫来女服务员,让她帮忙收拾行李——时间确实很紧张了。我们急急忙忙、争先恐后地将衣服和其他小件物品胡乱塞进箱子,与此同时,我还在梦想着如何给他一个惊喜,我把他送上火车,然后就在他伸出手来跟我告别的最后一刻、最后的一刹那,我突然出其不意地跳上车去,和他共度良宵,和他共度以后的每一夜——只要他需要我的话。一种陶醉而兴奋的眩晕在我的血液里飞旋,有几次,我一边将衣服扔进箱子,一边莫名其妙地哈哈大笑,那位女服务员为之愕然,我自己都觉得我的脑子已经陷入错乱状态了。勤杂工进来拎行李箱时,我起先只是陌生地盯着他看,我心潮澎湃,百感交集,已经难以思考具体的问题了。

"时间很紧迫,快七点了,估计顶多还有二十分钟,火车就要开动了。当然,我一直安慰自己,现在我到车站不是为了送别。我已决定,只要他愿意,我将一路陪伴他。勤杂工已将行李拎了出去,我匆匆忙忙跑到旅店账房去结账。旅店经理把钱找还给我,我正准备转身离开,这时有一只手轻轻拍了一下我的肩膀。我吓了一大跳。原来是我的表姐,我刚才谎称身体不适,她放心不下,过来探望我。我顿觉眼前发黑。我现在可不需要她来看我,每一秒钟的耽搁都意味着永远无法挽回的错过。可是,为了礼貌,我至少还得和她寒暄几句。'你得到床上躺着,'她催促道,'你一定是发热了。'可能情况真是这样,因为我的脉搏急促而强烈地敲击着两边太阳穴,眼前常常感觉有蓝幽幽的影子飘忽不定,感觉一下就会晕过去。但我挺住了,努力装出感激不尽的样子,其实她说每一句话都叫我急如焚,她的关心来得不是时候,我真想踹她一脚。可这位不速之客对我关怀备至,偏偏待着不走,不走,就是不走,她将科隆香水递给我,不由分说地将清凉的香水涂抹到我的太阳穴上面。我心里一边计算着分分秒秒,一边牵挂着他,盘算着如何找个借口,好摆脱这种令人折磨的关怀。我越是焦躁不安,她越觉得我情况可疑,到最后,她差不多硬想逼我回房上床休息。就在她百般劝说的时候,我突然抬头望了一眼大厅中央的挂钟,离七点半只差两分钟,而七点三十五分火车就要开走。我像一个绝望的人那样,粗暴残忍、无所顾忌、满不在乎,干脆将手伸给我丈夫的表姐:'再见,我得走了!'没有理会她惊愕的目光,也没有回头看一眼,我从那些颇感惊讶的旅馆服务员身边一口气奔到门口,冲向大街,最后赶到车站。拿着行李的勤杂工激动地向我打着手势,远远地我就意识到,可能已经到点了。我不顾一切地冲向检票口,可检票员把我拦住了,因为我忘了买票。我竭力说服检票员,希望能让我先上站台再说,可就在这时,火车徐徐开动了。我直愣愣地盯着列车那边看,全身哆嗦,只盼着从哪一节车厢窗口还能再看见他一面,看到他招手,看到他致意。可是,火车越来越快地向前行驶,我再也无法看到那张脸了。列车疾驶而过,一分钟后已经不见踪影,在我发黑的眼前只留下一团浓烟缓缓消散。

"我呆若木鸡地站在那里,天知道究竟站了有多久,那名勤杂工准是叫了我好多次,见我没有动静,才壮起胆子碰了一下我的胳臂。这时我才猛然惊醒。他问我是否要将行李送回旅店去。我花了几分钟时间定下神思考,不行,那是不可能的,我刚才离开时,走得那么仓促、那么可笑,我是没法再回去了,也不想回去，永远不想回去。我烦躁不安，想一个人静静地待上一会儿，于是吩咐他将行李寄存在车站里。后来，我站在车站大厅里，这里迎来送往，人头攒动，一会儿人群围聚在一起，一会儿又兀自分散开来，只有在这种喧嚷之中我才试图思考，试图想清楚，试图从愤怒、后悔和绝望交织而成的走投无路、痛心疾首的包袱中解脱出来。因为——我为什么不承认这一点呢——是我自己犯了错，从而失去了和他最后一次见面的机会，这个想法就像一把无比锋利的尖刀，残酷地剜割我的心。这把灼热火红的尖刀在我心里无情地来回乱搅，叫人悲痛欲绝，我真想大声吼叫一番。也许，只有从来不曾有过激情的人，才可能在其一生中绝无仅有的瞬间，爆发出如雪崩般突如其来的、这般狂风暴雨似的激情来：那么多年闲置不用的力量，好似那突然进出的碎石，一股脑儿地砸向我的胸口。在此之前或在此之后，我都从来不曾有过彼时一样的感觉，惊讶万分又无可奈何，乃至怒气冲天。我原本心意已决，要做一件最惊世骇俗的事，准备忽然放下自省、自律、自闭的整个一生，却猛地发现迎面有一堵毫无意义的墙，我被激情搅得失去了知觉，一头撞在了墙上。

"我接下来的所作所为，除了同样毫无意义，不可能有其他结果。说出来真是愚蠢，简直愚不可及，我几乎羞于启齿。

可是，我对我自己，也对您曾经做过承诺，我不会做任何隐瞒。那个时候，我……我又开始寻找他……也就是说，我开始寻找和他共度的每一个瞬间……一股强大的力量吸引我重访我们昨天共同待过的所有地方：花园的长凳处，我正是在这个地方把他拉走；赌场的大厅，我正是在那里第一次看到他；不错，我甚至还想去那家下等旅社，只是想再一次，再一次地重温旧梦。我还准备明天乘坐马车，沿着山崖的滨海道路再一次旧地重游，在我的心里再一次重现他的每一句话和每一个动作——我的脑子里真是一片迷惘，竟这么无聊透顶、这么幼稚可笑。可您想想看，那么多事情像风暴一样突然向我袭来，简直迅如闪电，我除了感觉到令人眩晕的一击之外，简直没有其他感觉。现在，我却又过于突兀地从一片混乱中清醒过来，想借助于我们称之为回忆的不可思议的自我欺骗，再一次一幕一幕地回想那倏忽而过的种种经历并加以重新品味。当然，这些东西，有的人能够理解，有的人不能够理解。或许，要想理解这些东西，需要有一颗熊熊燃烧的心吧。

"于是我首先到了赌场，寻找他坐过的那张桌子，在许多只手中想象出他的一双手来。我走了进去，我还记得，我第一次看到他的地方，是在第二个房间靠左边的那张桌子旁。他的每一个姿势依然清晰如初地浮现在我眼前，我可以像个梦游人，闭着眼睛，向前伸出双手，还是能找到他坐的位子。我就这样走了进去，径直横穿大厅。而就在这时……当我将目光从门口转向熙攘的人群时……这时我觉得发生了一桩奇事……恰恰就在我梦想中他所在的位置上，那里坐着——是发高烧出现的幻觉吧——真的是他坐在那里……是他……是他……和我刚才梦见他的一模一样……完全就像昨天那种模样，他的两只眼睛牢牢地盯着转轮里的那颗圆球，脸色苍白得像个幽灵……但就是他……是他……分明就是他……

"我真是大惊失色，差点高声喊叫起来。但面对这种荒谬绝伦的幻觉，我还是抑制住自己的恐惧，赶紧闭上眼睛。'你疯了……你在做梦……你在发高烧，'我对自己说道，'这不可能，你产生了幻觉……他半小时前就已经离开这儿了。'然后，我又睁开眼睛。可令人可怕的是，他还像刚才那样，坐在那儿，确确实实就是他……在千万只手中我也照样能认出这两只手来……不，我没有做梦，的确就是他！他并没有如发誓的那样，乘坐火车离开此地，这个疯子又坐在了那里，他把我给他的路费，带到这里的绿桌子旁，又在这里赌上了，完全忘我地沉浸于自己的激情中，而我却绝望地为他心碎。

"我猛地一下冲上前，满腔愤怒模糊了我的视线。我愤怒得两眼发红，这个背弃誓言的人这么卑鄙无耻地欺骗了我的信任、我的感情、我的献身，我恨不得冲上去把他掐死。然而，我还是克制住了自己。我故意放慢自己的脚步（我费了多大的劲啊），走到桌边，恰好站在他的对面。一位先生彬彬有礼地给我让座。我们两人之间隔着两米宽的绿色台布，我像是坐在剧院包厢里看戏一样，可以看清他的脸。就是这同一张脸，两小时前我曾看见它光彩四射，满含感激之情，蒙受上帝恩赐，闪耀着灵光，现在却全身抽搐，完完全全重新消隐在激情的地狱之火中。他的两只手，正是那两只手，今天下午我还看到，当他发出最神圣的誓言时，它们紧紧抱着教堂里的跪凳，此刻那两只手弯曲着，在钱堆里到处乱抓，好似那贪欲过度的吸血鬼。因为他赢钱了，想必赢了很多很多的钱，一大堆筹码、金路易和纸钞在他面前熠熠发光，它们可怜而又毫不为人注意地胡乱堆放在一起。他的手指，他那不断发抖的神经质的手指，如鱼得水地在钱堆里伸展和遨游。我看见他的手指轻轻抚摸着这些钱，把一张张钞票捏在手里折叠好，轻轻摩挲转动一枚枚金币。突然，他猛地抓起满满一把钱，扔到其中一个方格的中央。他的鼻翼现在马上又开始飞快地抽搐起来，庄家的叫喊使他张大眼睛，露出贪婪的光芒，慢慢从钱堆里移开，然后盯住那颗蹦跳着的圆球，他的灵魂仿佛已和自己的身体脱离，而他的两肘却像被牢牢地钉在了绿色桌面上。他那种完全着了魔似的神情，要比昨天晚上表现得更为可怕、更为恐怖，因为他现在的一举一动，都是在扼杀他在我心目中的另一种形象，那是一种有着金色背景的闪光形象，我信以为真，将它藏在了心底。

"我们两人就这样相隔两米各自呼吸着。我目不转睛地盯着他，他却没有看到我。他没有注意我，他谁也不注意，他的目光只是滑向钱，只是随着滚动的圆球而不安地颤动，他所有的感官全都被囚禁在这个疯狂的绿色圆圈里，只在那里面反反复复地忙碌不停。在这个嗜赌成性的人眼里，整个世界、整个人类全都融合在这一块铺着绿色桌布的四方形里面了。我知道，就算我在那儿一连站上好几个小时，他也绝不会意识到我的存在。

"但是我再也无法忍受下去了。我突然决定，绕过桌子走到他背后，用手使劲抓住他的肩膀。他抬头望了一眼，目光迷离——他用呆滞的眼珠陌生地盯了我一秒钟，就像一个醉汉，被人费劲地从沉睡中摇醒，由于自己内心烟雾弥漫，他的目光依然朦朦胧胧、昏昏沉沉，似在迷迷糊糊的半睡半醒间。然后，他似乎认出了我，嘴角颤抖地咧开，喜形于色地抬头望着我，用一种迷惘而神秘的亲密态度，结结巴巴地轻声说道：'运气真不赖……我进来，看到他在这儿，马上就知道了……我马上就知道了……'我不懂他在说些什么。我只注意到，他沉醉在赌博中，只注意到，这个疯子已经忘记了一切，忘记了他的誓言、他的约定，忘记了我，也忘记了整个世界。可是，即便在他着了魔的时候，他那种狂喜的神情依然如此打动我，我竟然不由自主地顺着他的话，吃惊地问他，究竟谁在这儿。

"'那边，那个俄国独臂老将军。'他悄声说道，凑到我的耳朵边上，防止让其他人偷听到这个不可思议的秘密，'那边，留着连鬓白胡子的那个人，他的背后站着一个佣人。他老是赢钱，我昨天就观察过他，他肯定有一套绝招，我现在跟他下同样的注……昨天他也老是赢钱……只是我犯了错，他走之后我还接着赌……那是我的错……他昨天一定赢了两万法郎……今天他还是没有失过一次手……我现在老跟着他下注……现在……

"话还没说完，他突然停住了，因为这时庄家高声叫嚷道：'请各位下注！'一听到这声叫嚷，他立刻将目光移开，贪婪地朝着那个白胡子俄国人所在的地方看去。俄国人表情威严，镇静自若地坐在那儿，先是不慌不忙地拿起一块金币，然后犹豫不决地又拿起一块金币，一齐放进第四个方格内。我面前这双急不可耐的手立即伸进钱堆里，抓起一把金币，放进同一个方格内。过了一分钟，庄家大喊一声：'零位格！'接着，只是轻轻挥动耙竿，便将桌上所有的钱一扫而光。他像是看见了奇迹发生一样，目瞪口呆地望着那些钱如流水般从身边流走。难道您以为，他会回过头来看我一眼吗？不，他已经把我彻彻底底忘记了，我早已从他的生活中坠落、消逝、隐灭。他全神贯注，一心只盯着那个俄国将军。将军满不在乎地又拿起两块金币在手里掂量着，还没有拿定主意该押在哪一个数字上。

"我无法向您描述我的恼怒和绝望。您可以设想一下我那时的心情：我为了他，舍弃了自己的全部生活，却在他的眼里，无异于一只苍蝇，他只是随意地动手一挥，便将它赶走了。我顿时又怒气冲冲起来，猛然抓住他的手，他吃了一惊。

"'马上给我站起来！'我对他低声说道，尽管声音很轻，但带着命令的口吻，'想想今天在教堂里许下的誓言吧，你这个违背誓言、卑鄙可耻的小人！'

"他凝望着我，神色慌张，脸色苍白。他像是一条挨了打的狗，眼里突然露出一种无奈的表情，嘴唇瑟瑟发抖。他似乎一下子想起了所有过去的一切，似乎对自己也感到害怕了。

"'是……是……'他结结巴巴地说道，'噢，我的上帝，我的上帝……是……我马上过来，请原谅……'

"他的手已经将所有的钱收拢起来，起初动作敏捷，猛地打起精神，可然后，渐渐地，变得越来越有气无力，像是遇到了反作用力，回到了起点，像是逢着了一股逆流。他的目光重新落到正在下注的俄国人身上。

"'再等一会儿……'他迅疾抓起五块金币，扔到俄国人下

注的那个方格内……'只赌这一次……我向您发誓,我马上过来……只赌这一次……只赌……'

"他的声音又渐渐消失了。圆球开始滚动,将他的心也一同带走了。这个着了魔的人,又从我手里脱身了,也从他自己手里脱身了。轮盘不停旋转,小圆球也在滚跳不止,他也跟着滚进光滑的木槽里去了。庄家又在大声叫嚷,耙竿又将他那五块金币扫走了,他输了。可是,他并没有转过身来。他忘记了我,忘记了誓言,忘记了一分钟前对我说的话。他那贪婪的手又急促地移动到那越来越缩水的钱堆里,那双如痴如醉的眼睛闪烁不定,只盯着决定他意志的那块磁石,盯着对面那位会给他带来好运的人。

"我已经忍无可忍了。我再一次推了他一下,这一次却推得十分有力。'你现在就给我站起来!现在!……你说过只赌一次……'

"可这时候,意想不到的事情发生了。他突然扭过头来看着我,脸上不再有谦卑和迷惘的神情,而是一张疯子的脸,满腔愤怒,两眼冒火,嘴唇气得不时地抖颤。'别烦我!'他对我吼道,'走开!你给我带来晦气。你在这儿我就输钱。昨天你让我输钱,今天又是这样。马上给我走开!'

"我顿时愣住了。可面对他这样的疯狂行为,我也怒不可遏。

"'我给你带来晦气了吗?'我对他训斥道,'你这个骗子,你这个小偷,你向我发过誓……'可还没等我说完,这个疯子就从座位上跳起来,一把将我推开,全然不顾身边引起的混乱,'别管我的事,'他无所顾忌地高声嚷道,'你又不是我的监护人……拿……拿……拿去,这是你的钱。'他扔给我好几张一百法郎的钞票……'现在你不用再来烦我了!'

"他放声叫嚷着,像个疯子似的,毫不理会我们身边有上百人围着。人人都在抬头张望,窃窃私语,指指戳戳,嗤之以鼻,连隔壁大厅里也有些人好奇地挤进来看热闹。我只觉得自己仿佛被扒光了衣服,赤身裸体地站在所有好奇的人面前……'太太,请安静!'庄家盛气凌人地大声叫道,一边用耙竿敲着桌子。这个卑鄙家伙的这句话是说给我听的。我受到侮辱,羞耻得无地自容,站在这些好奇的人面前,听见他们交头接耳、窃窃私语,觉得自己活像个妓女,脚下是人家扔的钱。两三百只肆无忌惮的眼睛盯着我的脸。我将目光闪向一边,低下头避开向我泼出的侮辱和羞耻的脏水。可就在这时,我的眼睛恰好碰到了两只惊讶的眼睛,它们宛若尖刀一样锋利地刺向我——那是我的表姐。她失魂落魄地瞅着我,张口结舌,高举一只手,像是被吓住了。

"这番情景深深地印在我的脑海里,趁她还一动不动地站在那里,还没有从惊讶中恢复过来,我立刻冲出赌场。我只剩下一口气，刚好可以奔到那张长凳上，也就是那个着了魔的人昨天晚上倒在上面的那张长凳。我倒在那张坚硬、无情的长凳上，同样毫无气力，筋疲力尽，心痛欲裂。

"这事已经过去了二十四年，可是如今回想起那一瞬间，回想起自己站在千百个陌生人面前，受尽他嘲弄的鞭打而低头，我血管里的鲜血马上就会变得冰凉。我又可怕地感觉到，我们平日狂妄自大地称之为心灵、精神或是情感的东西，我们称之为痛苦的东西，是多么软弱、可怜而琐碎，所有这些东西即便庞大得难以估量，也无法将一个受苦受难的肉体、一个受尽折磨的身体炸得粉身碎骨；因为他会熬过这样的瞬间，血液继续奔流，而不会立即死去，不会像一棵遭到雷击的大树那样，连根拔起，倒地身亡。只是猛地一下，有那么一瞬间，我的痛苦撕断了我的关节，顷刻之间我跌倒在那张长凳上，我的呼吸停止了，感觉麻木了，甚至预感到了一种即将辞世的极乐。可我刚刚说过，一切痛苦都是怯懦的表现，在面对强烈的求生欲望时，它就会退缩，我们肉体里的求生本能似乎要比我们精神里所有求死之情都更为强烈。在如此心痛欲裂之后，我自己都无法解释，我竟然还是重新站起来了，当然我心里还是不清楚，自己究竟该做什么。我突然想起，我的行李还存放在火车站，我马上有了一个念头，离开，离开，离开，只是马上离开这里，离开这个该死的人间地狱！我谁也不理，径自赶到火车站，打听前往巴黎的下一班火车何时出发。十点整，门卫告诉我时间，于是我立刻办妥了托运行李的手续。十点整，离那次可怕的邂逅恰好是二十四小时，这二十四小时充斥着荒唐透顶的情感，波谲云诡，风云突变，我的内心世界毁于一旦，永远无法愈合。可那时，我的脑子里只有一个词，并且踩着同一个节奏永远在锤击，在颤动：离开！离开！离开！我头上血脉跳动很急促，像是有一把木楔一刻不停地敲进我的太阳穴里：离开！离开！离开！离开这个城市，离开我自己，回家去，回到家人身边，回到过去的生活，回到自己的生活！我连夜坐上火车来到巴黎，到了巴黎再换火车，从一个车站到另一个车站，直接前往布伦，再从布伦到多佛尔，从多佛尔到伦敦，从伦敦到我儿子那儿——一路上马不停蹄，疾驰如飞，整整四十八小时不思、不想，整整四十八小时不睡觉、不说话、不吃东西。车轮咔嗒咔嗒开过去时只发出一个词：离开！离开！离开！离开！最后，我踏进了儿子家的乡村别墅，人人感到意外，大吃一惊，我的身上或是眼里一定有些什么东西，泄露了我的秘密。我的儿子想要拥抱我、亲吻我，我连忙避开了，我觉得我的嘴唇已受到玷污，想到他要接触我的嘴唇，我实在受不了了。我拒绝回答任何问题，只希望自己能洗一次澡，因为我非得将身上所有的污秽连同旅途中的尘埃一起洗净不可,我的身上仿佛还没有摆脱掉那个着了魔的人、那个不屑一顾的人身上的激情。然后,我拖着脚步到楼上我的房间里,接连睡了十二小时、十四小时,睡得昏昏沉沉,如同一块石头,脑子里空荡荡的,在此之前和在此之后,我都不曾这样睡过。这样睡过一次之后,我甚至都能理解躺在棺材里溘然长逝是怎样一种感觉。我的亲人像照顾病人一样,对我关怀备至,可他们的柔情只能令我伤心。他们对我敬爱有加,我真是满心羞愧,我必须时刻提防自己,千万不能突然大喊大叫,因为为了荒谬的激情,我竟然背叛了他们,忘记了他们,抛弃了他们。

"后来,我漫无目的地又去了法国的一座小城。在那里我谁也不认识,可总是有一种幻觉,觉得每个人只要看我一眼,就可以看出我的耻辱、我的变化,因此我感觉自己的灵魂深处被人出卖、被人玷污了。有时候,清晨从床上醒来,我心里惊恐不已,害怕睁开眼睛,那个夜晚的记忆蓦地向我袭来——我在一个半裸的陌生人旁边醒来——于是我就生出和当时同样的愿望,只希望自己立即死去。

"可是到最后,时间的威力终究是巨大的,年龄对于一切情感具有奇特的磨蚀作用。我们感到死亡日渐临近,死神的黑影挡住了去路,这时所有事情都不再显得那么重要,不再那么容易触动一个人的内在感官，危险性也大大降低，我渐渐摆脱了曾经遭受的打击。事隔多年之后，我在一次聚会上遇见一位年轻的波兰人，他是奥地利公使馆的一名随员，我向他问起那个家族的情况，他告诉我，这一家正是他堂兄的家族，这位堂兄的一个儿子十年前在蒙特卡洛开枪自杀了。听到这一消息，我都没有颤抖。这事差不多已经不会再令我感到痛苦，它也许——我又何必要否认这种自私的心理呢——甚至还让我感到庆幸，因为我一直担心什么时候会再遇到他，如今这点最后的恐惧也彻底没有了，现在除了自己的回忆之外，再也没有任何证人了。自此以后，我变得平静了许多。人上了年纪，无非就是意味着不会再对过去感到害怕而已。

"您现在可以理解，为什么我会突然想到和您谈起我自己的遭遇。您为昂里埃特太太辩护过，曾狂热地宣称，二十四小时完全可能决定一个女人的命运，我当时感觉说的就是我，我为此感激您，因为我第一次发觉自己的行为像是获得了认同。于是我暗自思量，将自己的心里话一吐为快，也许能解除压抑我的那道禁令，摆脱回首时那种永远呆滞无神的目光。果真如此的话，或许明天我就可以前往蒙特卡洛，踏进曾遭遇我命运的同一个赌场，可我不再痛恨他，也不再痛恨我自己。果真如此的话，那块石头就会从我心上滚落下来，而它全部的力量将会压住所有的陈年往事。我能够向您讲述这些事情，对我确有好处，我此刻感觉更轻松了，简直感到高兴了……我要谢谢您。"

说到这儿，她突然站起身，我感觉她的故事已经讲完。我有些尴尬，不知道该说点儿什么才好。她想必已经察觉到我的窘迫，赶紧拒绝道："不，请您不必说什么……我不希望您给我什么回答，或者对我说什么……我要感谢您的倾听，祝您一路平安。"

她站在我面前，和我握手告别。我不由得抬头看她的脸，她的脸惊艳动人。她站在我面前，神态慈祥，又微带羞涩。不知是往日激情的反照，还是不知所措的原因，她的两颊忽然泛起一层红晕，一直延伸到她的白发处。

她站在那里，如同一位少女，往事的回忆使她像新娘一样慌乱，大胆的坦白又让她面带羞涩。我不由得深受感动，努力想说句话以表达我对她的崇敬之情。可是我的喉咙哽得说不出话来。于是，我低下头，毕恭毕敬地吻了吻她那枯萎得如秋叶般的微微颤抖的手。

[全书完]

·附录

斯蒂芬·茨威格年表

1881 年 11 月 28 日，斯蒂芬·茨威格出生于奥匈帝国首都维也纳一个富有的犹太工厂主家庭。

1899 年，高中毕业，进入维也纳大学攻读哲学专业。

1901 年，出版第一部诗集《银弦集》。

1904 年，出版第一部小说集《艾利卡埃·瓦尔德之恋》。

1906 年，出版第二部诗集《早年的花环》。

1907 年，出版第一部诗剧《泰西特斯》。

1910 年，出版《艾米尔·维尔哈仑》专著，介绍比利时诗人维尔哈仑及其作品。

1911 年，出版《火烧火燎的秘密》单行本。出版"链条小说"的第一本小说集《初次经历》，收入《夜色朦胧》《家庭女教师》《火烧火燎的秘密》和《夏日的故事》四篇小说。

1914年，第一次世界大战爆发，发表《致外国友人的信》。

1916年，创作了戏剧《耶利米》，在瑞士首演，为茨威格的首部反战作品。

1919年－1934年，隐居在萨尔茨堡，埋头写作。

1920年，与离异并带有两个孩子弗里德里克·温德尼茨喜结连理。出版《三大师》。

1921年，出版《罗曼·罗兰》。

1922年，出版《陌生女人的来信》单行本。出版"链条小说"的第二本小说集《马来狂人》。

1925年，出版《恐惧》单行本。

1927年，出版"链条小说"的第三本小说集《情感的迷惘》，收入《一个女人一生中的二十四小时》《一颗心的沦亡》《情感的迷惘》等六篇小说。

1928年，出版《人类群星闪耀时》《三作家》。

1929年，人物传记《约瑟夫·富歇》出版。

1931年，出版《精神疗法：梅斯默尔、玛丽·贝克-艾迪、弗洛伊德》，茨威格将该书献给他所敬仰的埃尔伯特·爱因斯坦先生。

1932年，人物传记《玛丽·安托瓦内特》出版。

1933年3月，根据其同名小说改编的电影《火烧火燎的秘密》

在电影院里放映。5月10日，人类文明史上黑暗的一日，在德国首都柏林歌剧院广场上，茨威格和众多进步作家的书籍被焚烧，被列入作家黑名单。

1934年2月18日，奥地利亲德分子和纳粹分子以茨威格家中藏有武器为由对其住宅进行搜查，茨威格两日后乘坐火车流亡到英国伦敦。

1935年，《玛利亚·斯图亚特》出版。

1936年，人物传记《异端的权利》出版。

1938年11月，与妻子弗里德里克·温德尼茨在伦敦离婚。

1939年，长篇小说《心灵的焦灼》出版。和比他小17岁的秘书夏洛特·阿尔特曼结婚。从伦敦搬至巴斯，在那里开始写作《巴尔扎克》。9月23日，弗洛伊德去世，茨威格在弗洛伊德的葬礼上向他的朋友弗洛伊德发表告别演说。几天后，离开英国，经纽约、阿根廷和巴拉圭，于1941年抵达巴西。

1941年，巴西专著《巴西：未来之国》出版。

1942年2月22日夜间至23日凌晨，茨威格和第二任妻子夏洛特·阿尔特曼在巴西首都里约热内卢郊外的小城佩特罗波利斯服毒自杀。中篇小说《象棋的故事》出版。他的自传体著作《昨日的世界》在他去世后出版。

斯蒂芬·茨威格 〔1881—1942〕
Stefan Zweig

奥地利小说家、诗人、剧作家和传记作家。
作品涉及诗、短论、小说、戏剧和人物传记等体裁,尤以中短篇小说和人物传记见长。

代表作品

小　说:《一个陌生女人的来信》《一个女人一生中的二十四小时》
　　　　《火烧火燎的秘密》《象棋的故事》《心灵的焦灼》
传　记:《三大师》《三作家》《人类群星闪耀时》《异端的权利》
　　　　《罗曼·罗兰》《巴尔扎克》
回忆录:《昨日的世界》

一个陌生女人的来信

作者 _ [奥]斯蒂芬·茨威格　　译者 _ 沈锡良

产品经理 _ 李佳婕　　装帧设计 _ 丁志友　　产品总监 _ 许文婷　　技术编辑 _ 白咏明
责任印制 _ 刘世乐　　出品人 _ 路金波

营销团队 _ 毛婷　阮班欢　　物料设计 _ 孙莹

鸣谢

孟京辉

果麦
www.guomai.cn

以微小的力量推动文明

图书在版编目（CIP）数据

一个陌生女人的来信/(奥)斯蒂芬·茨威格著；沈锡良译. -- 昆明：云南人民出版社，2023.12（2024.7重印）
ISBN 978-7-222-22182-6

Ⅰ.①一… Ⅱ.①斯…②沈… Ⅲ.①中篇小说－小说集－奥地利－现代②短篇小说－小说集－奥地利－现代 Ⅳ.①I521.45

中国国家版本馆CIP数据核字（2023）第209008号

责任编辑：刘　娟
责任校对：和晓玲
责任印制：李寒东

一个陌生女人的来信
YIGE MOSHENG NVREN DE LAIXIN
［奥］斯蒂芬·茨威格　著　　沈锡良　译

出版	云南人民出版社
发行	云南人民出版社
社址	昆明市环城西路609号
邮编	650034
网址	www.ynpph.com.cn
E-mail	ynrms@sina.com
开本	880mm×1230mm　1/32
印张	8
印数	23,001-28,000
字数	160千
版次	2023年12月第1版　2024年7月第5次印刷
印刷	嘉业印刷（天津）有限公司
书号	ISBN 978-7-222-22182-6
定价	32.00元

版权所有 侵权必究
如发现印装质量问题，影响阅读，请联系021-64386496调换。